Indrikis Harold Martinson

Indrikis Harold Martinson

FÜNF MONATE

Roman

Die Handlung und die Namen der
Personen sind zum Teil
frei erfunden.

Mit einem neu überarbeiteten Auszug aus
Fiesta, Ramadan und tote Helden
sowie einem aktuellen Essay von
Peter Oefele

Umwelthinweis:
Buchblock: säure-, holz- und
chlorfreies 90g-Qualitätspapier

2. Auflage
© 2008 Indrikis Harold Martinson
mit einem neu überarbeiteten Auszug aus
Fiesta, Ramadan und tote Helden
(ISBN-13: 978-3937034003)
sowie einem aktuellen Essay von
Peter Oefele
mit freundlicher Genehmigung
des Autors

Herstellung und Verlag:
Books on Demand GmbH, Norderstedt

ISBN-13: 978-3837053951

FÜNF MONATE
Roman

17. Juni

Am Ende der nahezu fünfstündigen juristischen Staatsprüfung — alle vier Kandidaten waren mehr als erschöpft — wandte sich der Vorsitzende an alle Prüflinge.

»Wer kann mir den Unterschied zwischen ›vorläufigem Rechtsschutz‹ und ›vorbeugendem Rechtsschutz‹ erläutern? Es soll heute die letzte Frage sein, und ich will, weil wir am Ende sind, eine korrekte Antwort auch mit einer außerordentlichen Punktzahl belohnen.«
Die Stille in dem übergroßen Prüfraum mit seinen riesigen Fenstern im ersten Stock des Oberlandesgerichts war erdrückend. Zwei Kandidaten würden durchfallen, das wusste jeder von uns. Sie hatten sich nicht ausreichend vorbereitet und liefen den juristischen Fangfragen fast aller vier Prüfer voll ins Messer.

Aber was war jetzt mit der richtigen Antwort? War es für mich Glück oder Unglück, dass der Vorsitzende nicht mich, sondern meinen Nachbarn namentlich ansprach und aufforderte, doch mal einen Ansatz zu wagen? Natürlich musste er es ›wagen‹ und verhaspelte sich derart, dass der Vorsitzende die Augen schloss. In dem Antwortversuch meines Nachbarn steckten aber doch schon einige richtige Lösungsansätze, die ich während seiner Erläuterungsversuche erleichtert aufnahm. Schon während der gesamten Prüfung spürte ich das Wohlwollen der Prüfer mir gegenüber, hatte ich doch als Einziger zu Beginn der Prüfung in einem fast ›unlösbaren‹ Strafrechtsfall mit einem von mir ausgedachten juristischen Konstrukt argumentiert und philosophiert. Da es dieses Konstrukt nicht gab, ich aber vorschlug, man könnte doch über eine entsprechende gesetzliche Verankerung nachdenken, hatte der Prüfer meinen Mut für ›Denkansätze für komplexe Innovationen‹ in einer Staatsprüfung gelobt. Was er – und die anderen Prüfer – nicht bemerkte, war, dass ich im Laufe meiner Darlegungen immer unsicherer wurde und vor Scham alles hinschmeißen und rausgehen wollte.

Meine Antwort fand nicht die erwartete Begeisterung der Prüfer. Auch ich vermochte nicht mehr klar zu definieren. Ich war müde, wie alle anderen auch, und das erkannte auch die Kommission. Der Vorsitzende beendete die Prüfung, die Prüflinge mussten auf dem Flur warten, denn die Ergebnisse würden nach der Beratung sofort verkündet und die vorbereiteten Urkunden ausgehändigt werden. Auf dem Flur brachen die zwei Mitstreiter zusammen, die ihr Nichtbestehen schon vorausahnten. Sie wurden als Erste hereingerufen und kamen nach wenigen Minuten mit rotem Gesicht und Tränen heraus. Mein Nachbar und ich kannten dieses Ritual: Erst die, die nicht bestanden haben, dann die, die sich etwas später offiziell Juristen nennen durften. Wir umarmten uns, schlugen uns fest auf die Schultern und gingen erhobenen Hauptes in den Saal. Wir sollten uns erst gar nicht setzen. Die Prüfer standen auf und kamen um den langen Tisch herum. Der Vorsitzende grinste und sagte ganz lapidar, wir hätten bestanden. Er gab uns die Hand, wie alle anderen Prüfer auch, und überreichte uns die begehrte Urkunde. Und das war es.

18. Juni

Es war eine schöne Feier. Familie, Freunde und Bekannte hatte ich eingeladen. Allen musste ich bis ins kleinste Detail erzählen, wie die Prüfung ablief, welche Fragen gestellt wurden, wer von den Prüflingen besser war, und, und, und ....
Erst jetzt spürte ich, was die letzten Vorbereitungsmonate an Kraft gekostet haben, und noch während ich erzählte, reifte der Gedanke, am besten gleich am nächsten Tag ins Reisebüro zu gehen. Ich war allein, mit meiner Freundin hatte ich Schluss gemacht, oder sie mit mir? Wir hatten uns aber in aller Freundschaft getrennt.

Mein Ziel stand fest. Tanger sollte es sein, die Stadt, in der ich als deutscher Junge elf Jahre gelebt und die französische Schule bis zum Abitur besucht hatte. Mein französischer Schulfreund Roland, mit dem ich während der gesamten Studienzeit ständig schriftlichen Kontakt hatte – wir schrieben uns regelmäßig alle drei Monate einen Brief –, war nach seiner Berufsausbildung als Redakteur in Frankreich gleich in den Verlag seines Vaters in Tanger gegangen. Sein Vater war arbeitsmüde und wollte das Zepter aus der Hand geben. Er war Amtsträger im Lions Club Tanger und wollte sich nur noch seinen Hobbys und diesem Club widmen.

25. Juni

Der Flug nach Tanger war angenehm, die Landung fast nicht spürbar. Offenbar hatte der Flugkapitän viel Erfahrung. Gleich am Flughafen mietete ich einen Kleinwagen und fuhr ins Hotel Miramar. Das Hotel mit der weißen Fassade und den blauen Fensterrahmen lag unmittelbar am Strand, fünf Gehminuten vom Stadtzentrum entfernt, und hatte nur fünfzehn Zimmer. Ich bekam ein Zimmer mit Vollbad und Blick auf den Strand, nachdem ich dem Empfangschef einen Schein in die Hand drückte und meine Wünsche äußerte.

Den Inhalt meiner zwei Koffer – warum hatte ich denn so viel mitgenommen? – verstaute ich im Kleiderschrank. Vom Hotelzimmer aus, den Blick auf den Strand und das Meer gerichtet, rief ich Roland an. Er war erfreut, mich in Tanger zu wissen, und fragte gleich, wie lange ich denn bleiben würde.

»Zwei Wochen, so mein Plan«, sagte ich voller Freude und Begeisterung.

»Okay! Heute Abend findet eine Jubiläumsfeier des Lions Club im El Minzah statt. Und wie ich meinen Vater kenne, wird er sehr neugierig sein, dich wiederzusehen und von dir zu hören, wie es dir in Deutschland ergangen ist. Er hatte dich ja immer sehr geschätzt, nicht nur, weil du mein bester Freund warst. Komme so um zwanzig Uhr, dann sind alle Clubmitglieder schon da und ich kann dich dann in einem Rutsch vorstellen«, antworte Roland mit sonorer Stimme, die mir eher fremd erschien. Ich ging zum Strand und setzte mich in das mir von damals noch sehr in Erinnerung gebliebene Strandcafé Sun Beach.

Tanger hatte mich wieder, wenn auch nur für kurze Zeit!

Ich bestellte mir einen Pfefferminztee und einen Kuchen. Der Blick auf den wunderschönen und immer noch sauberen feinen Sandstrand, der Gedanke »hier bist du doch heimisch«, alle diese Empfindungen ließen peu à peu die Erinnerungen an mein damaliges jugendliches Leben mit all seinen Facetten, den vielen Höhepunkten wie auch Tiefpunkten, den Liebeleien und auch dem unausweichlichen Liebeskummer, wieder aufleben. Den weiteren Nachmittag verbrachte ich in der Altstadt, die mich schon damals fasziniert hatte. Die unzähligen Basare mit den Auslagen an Schüsseln, Tellern und Kerzenleuchtern aus Messing, die Sitzkissen aus Rinder- oder Kamelleder in allen denkbaren Formen und Farben, die bunten Tellerchen und Aschenbecher aus Keramik, all diese Augenweiden waren so aufgestellt, dass kein Tourist hätte vorbeigehen können, ohne bewundernd stehen zu bleiben. Die aus den Parfümerien aufsteigenden, oftmals sehr penetranten Düfte, die feinen Düfte, die im Wettbewerb mit dem Geruch gebratenen Fleisches aus den benachbarten kleinen Restaurants und Grills stehen, und die Menschenmenge, die sich durch die engen Straßen, ja Gassen drängt, die laute Stimme eines in der Ferne zum Gebet rufenden Muezzins vermittelten mir wieder dieses einnehmende Wohlgefühl inmitten einer Welt aus Tausendundeiner Nacht. An einem Grill ließ ich mir ein halbes Dutzend Pinchitos und einen kleinen Paprika-Tomaten-Salat servieren. An diesen reichlich mit Kreuzkümmel gewürzten saftigen Fleischspießen konnte ich nicht vorbeigehen. Wer einmal Pinchitos gegessen hat, kann sich diesem kulinarischen Genuss nicht mehr entziehen. Am Nebentisch saß ein etwas heruntergekommener junger Niederländer, an einem Glas Wasser nippend. Er fragte mich, ob ich etwas rauchen wollte. Höflich sagte ich, dass ich Nichtraucher sei. Er sah mich verständnislos an und fragte mit sehr leiser Stimme, aber ganz ohne Umschweife, ob ich nicht Haschisch haben wollte. Ich erinnerte mich an die stets funktionierende klassische Floskel, die ich schon während meiner Jugend in Tanger bei entsprechenden Angeboten immer wieder aufsagte:

»Gerne, wenn nicht dahinten ein Polizist in Zivil stehen würde, der uns unauffällig beobachtet.«

Tanger war gewachsen, die Einwohner-zahl explodiert, suchten doch die Arbeitsfähigen der Landbevölkerung irgendeine entgeltliche Beschäftigung, die es nur in der Nähe einer großen Stadt gab. Aber auch die Kriminalität und der Hunger: Jeder versuchte zu überleben. Als touristischer Ausländer fiel man sehr schnell auf, und unzählige selbsternannte Stadtführer belagerten einen in so unannehmlicher Weise, dass man Schutz in einem Café, Basar und in einer der zahlreich vorhandenen Apotheken suchte. Kaum war ich wieder auf der Straße, sollte ich dieses Schicksal erleiden. Meine arabischen Sprachkenntnisse waren nicht mehr so vorhanden, als dass ich mir diese Kletten hätte vom Halse halten können. So kletterte ich in ein Taxi und fuhr direkt ins Hotel zurück. Eine Rasur, eine kalte Dusche und hier und da ein Duft, der Abend konnte beginnen.

Das in einem hispano-maurischen Stil eingerichtete El Minzah Hotel im Zentrum von Tanger galt für viele betuchte Touristen als das luxuriöseste Haus in

14

der Stadt. Nichts hatte sich geändert. Bevor ich zu dem gesellschaftlichen Ereignis vordringen konnte, warf ich von der Terrasse aus einen Blick auf die Bucht und den Hafen und die gepflegten, mit zahlreichen Palmen bestückten Innengärten. »Ja, hier könnte ich es auch aushalten«, dachte ich und sah dabei mein erheblich kleineres, aber doch auch gemütlich eingerichtetes Hotel Miramar. Roland erblickte mich, löste sich aus der Umklammerung einer schwarzhaarigen Schönheit und kam auf mich zu.

»Nico! Ich freue mich, dich zu sehen. Du hast dich ja überhaupt nicht verändert!«, sagte er euphorisch und nahm mich in die Arme.

»Roland, du siehst blendend aus, und deine Freundin ebenso! Danke für die Einladung, das war sehr nett von dir.«

»Du hast dich nicht verändert, immer einen Blick fürs Wesentliche. Komm, ich stelle dir Joanne vor, meine Frau, nicht meine Freundin! Sie wird dich mögen.«

Joanne hörte sich unsere Geschichten geduldig, aber auch interessiert an, erfuhr sie doch so einiges über ihren Mann, was ihr offensichtlich bislang noch nicht bekannt war. Wir kamen richtig in Fahrt und merkten nicht, dass unser eifriges Gespräch von einigen Gästen bemerkt und beobachtet wurde. Rolands Vater kam auf uns zu. Ich stand auf und rückte meinen Blazer und meine Krawatte zurecht. Rolands Vater war schon immer eine Respektsperson für mich gewesen. Er hatte schon damals viel Einfluss und nahm ab und zu seinen Sohn und mich zu offiziellen Anlässen mit. Er hatte sich auch mit meinem Vater angefreundet, kurz bevor dieser Marokko verließ und seinen beruflichen Stützpunkt in einem anderen afrikanischen Land aufbaute. Bis zum Abitur war Rolands Vater für mich immer da, er war — wie er später mal sagte — sehr beeindruckt von dem Vertrauen, das ich ihm entgegenbrachte. Wann immer mein Vater zu Besuch in Tanger war, tauschte er sich mit Rolands Vater aus und erfuhr so aus erster Hand, welche Fragen oder Problemchen sein Sohn während seiner Abwesenheit hatte.

»Nico, man bist du ›Mann‹ geworden! Darf ich noch Nico sagen, oder soll ich dich Nicholas nennen? Wir haben dich die erste Zeit vermisst, wussten aber, dass wir dich wiedersehen werden. Meine Frau ist zurzeit im Krankenhaus, aber es nichts Besonderes. Mache dir keine Sorgen. Ich werde dich den Leuten hier kurz vorstellen, so kannst du dich dann freier durch die Gesellschaft bewegen.«

Es war ein Spießrutenlaufen, immer wieder dieselben Worte und ein Kopfnicken, aber dann war ich durch. Roland sprach mit zwei Männern und hielt wohl einen kleinen Vortrag. Joanne stand an der Hotelbar und ließ sich ein Glas Champagner reichen. Ich ging auf sie zu und bestellte ebenfalls ein Glas. Es gab nur Veuve Clicquot Brut im Ausschank. »Feine Gesellschaft!«, dachte ich und prostete Joanne mit diesem exquisiten und teuren Champagner zu. Sie lächelte mich an.
»Vielleicht kannst du mir ein bisschen mehr von deinen und Rolands Abenteuern erzählen, oder? Wir können uns auf die große Dachterrasse setzen und so ungehindert plaudern.« Ich ging auf Roland zu und sagte ihm, was wir vorhatten. Er

verstand mein Augenzwinkern genau und wusste, dass ich nichts erzählen würde, was Joanne zu Rückfragen veranlassen könnte. Wir saßen schon eine Weile auf einer gemauerten und mit Glasmosaik verzierten Bank und unterhielten uns lustig, als ein Mann mittlerer Statur auf uns zukam.

»Entschuldigen Sie, ich möchte nicht stören. Rolands Vater sagte mir, dass Sie gerade Ihr juristisches Staatsexamen bestanden hätten. Herzlichen Glückwunsch hierzu. Wäre es Ihnen möglich, mich Morgen im Laufe des Tages aufzusuchen? Ich möchte mich gerne mit Ihnen unterhalten.«

»Aber sicher doch«, sagte ich verdutzt. Er gab mir seine Visitenkarte und wünschte uns noch einen schönen Abend.

›Pedro Padron – Vorstandsvorsitzender der PP-Baugesellschaft AG‹. Es folgten die üblichen Angaben wie Adresse und Kontaktnummern. Ich steckte die Karte weg. Irgendwie war die Stimmung nicht mehr die gleiche und wir beschlossen, wieder in die Festgesellschaft einzutauchen. Pedro Padron stand mit Rolands

Vater an einem Stehtisch; sie unterhielten sich engagiert und insoweit nicht überhörbar über die neuen Wirtschaftsgesetze des Landes. Er hob sein Glas und prostete mir dezent zu. Meine Neugier wuchs von Sekunde zu Sekunde. Was wollte dieser Mann von mir? Joanne war das Ganze offensichtlich egal, sie hing wieder am Arm ihres geliebten Mannes. Nach kurzer Zeit verabschiedete ich mich von Roland und seinem Vater, von Joanne und dem schönen Champagner. Ich war sichtlich müde, der lange und erlebnisreiche Tag hatte mich geschafft.

26. Juni

Der Frühstücksraum war voll. Ich erspähte einen freien Stuhl an einem Tisch mit drei jungen Männern und fragte auf Englisch, ob ich mich dazusetzen dürfte. Alle drei nickten freundlich. Der Ober, als ob er mein Schatten gewesen wäre, stand neben mir und fragte nach meinen Wünschen. Kaum hatte ich bestellt, beobachtete ich meine drei Tischgenossen ein bisschen näher. Es waren bildhübsche, sehr gepflegte Jungs, alle drei sehr muskulös gebaut. Auffällig waren ihre sehr guten Tischmanieren und ihr Verhalten untereinander; jeder ließ den anderen ausreden. Sie stellten sich als Daniel, Maurice und Alain vor, seien Sportstudenten aus Frankreich und würden die ganzen Semesterferien in Tanger verbleiben. Täglich wollten sie Schwimmen, Laufen, den Body trainieren und Spaß haben, sehr viel Spaß. Auch ich stellte mich vor, und sie waren erstaunt zu hören, dass ich schon mal in Tanger gelebt habe.

»Sicherlich werden Sie uns ein paar gute Ratschläge geben können, was man in Tanger so alles machen kann, wo man hingehen kann und was man unbedingt vermeiden sollte«, fragte Alain höflich an.

»Natürlich! Wie wäre es heute Abend? Ich schlage acht Uhr vor, im Café de Paris. Ihr werdet dieses historische Café im Zentrum schon finden.«

»Okay! Dann sind Sie aber unser Gast. Und bitte, keine Widerrede!«, sagte Maurice lächelnd.

Ein großes Schild am Straßenrand zeigte mir, dass ich mich nicht verfahren hatte. Nach circa drei Kilometern erreichte ich die PP-Baugesellschaft AG. Beim Pförtner sagte ich, wen ich besuchen wollte. Sofort wurde der Schlagbaum hochgestellt und mir freundlich der Weg zum Verwaltungsgebäude erklärt. Ich fuhr einige hundert Meter bis zu dem fünfstöckigen Haus, vorbei an langen Produktionshallen. Es wimmelte überall von Arbeitern, die nach meinem ersten Eindruck eher dösig und desinteressiert wirkten. Die nette Dame am Empfang –

offenbar schon vorgewarnt – kam auf mich zu, stellte sich kurz vor und forderte mich auf, sie zu begleiten. Als sich die Türen des Fahrstuhls im fünften Stock öffneten, sah ich nur Büroräume, die allein mit Glasscheiben voneinander abgetrennt waren. Das flächenmäßig größte Büro mit dem schönsten Blick in die Ferne und dem interessantesten Blick über das ganze Produktionsgelände wurde von Pedro Padron genutzt. Er sah mich, kam auf mich zu und begrüßte mich herzlich, nach meinem Gefühl zu herzlich.

»Schön, dass Sie gekommen sind. Ich freue mich. Ich lasse uns einen frischen Kaffee brühen, und bis der da ist zeige ich Ihnen von hier oben das Unternehmen, einverstanden?«

»Ja, sehr gerne. Ich habe die Größe schon auf der Fahrt hierher wahrnehmen können«, sagte ich freundlich, wusste aber immer noch nicht, warum ich eigentlich hier war.

»Wenn ich Ihnen gesagt habe, was wir alles produzieren, werden Sie staunen. Wir produzieren aber nicht nur. Unsere gesamte Produktion verwenden wir bei den Bauaufträgen unserer Kunden, so dass wir autark sind. Diese Unabhängigkeit ist das Grundprinzip meiner Unternehmenskultur.«

In einem fast einstündigen Vortrag erfuhr ich, was die PP-Baugesellschaft AG darstellte. Es war natürlich irgendwo interessant, aber warum verwendete Pedro Padron so viel Zeit und Mühe, mir das hier alles zu erläutern? Kaum war er fertig, setzen wir uns, unseren Becher Kaffee in der Hand.

»So, nun habe ich Ihnen alles gesagt, was Sie über die Firma wissen sollten, fürs Erste. Nun erzählen Sie doch mal über sich, insbesondere interessiere ich mich für das von Ihnen absolvierte Studium. Ist es richtig, dass das Jurastudium befähigen soll, gesetzliche Regelwerke, egal welchen Landes, juristisch erfassen, das heißt verstehen und anwenden, zu können?«

Ich erzählte zunächst über meine Jugend, die ich in Tanger verbracht hatte, und die

Zeit des Studiums in Deutschland. Dann erläuterte ich die Inhalte des Studiums und die Schlussfolgerungen, die man ziehen kann, wenn jemand das Staatsexamen bestanden hat. Pedro Padron hörte sehr aufmerksam zu; er stellte nur wenige knappe Zwischenfragen und machte sich einige Notizen. Er erhob sich aus dem schweren Ledersessel, sah mich an und fragte mich ganz unverblümt, ob ich meinen Aufenthalt in Tanger verlängern könnte.

»Theoretisch könnte ich meinen Aufenthalt verlängern, ja. Aber warum?«

»Ich will Ihnen ein Angebot machen. Sehen Sie, ich suche jemanden, der diesen Betrieb nicht kennt und ganz unvoreingenommen und insbesondere objektiv, ohne auch nur den einen oder anderen Mitarbeiter, der seine Entscheidungsfindung beeinflussen könnte, näher zu kennen, ja diesen Betrieb so optimiert, dass es besser nicht mehr gehen kann. Der Produktionsablauf und die Produktionsergebnisse sollen optimal reorganisiert werden, der gesamte Verwaltungsapparat soll zielorientiert arbeiten, die Mitarbeiter entsprechend hoch motiviert werden. Mir schwebt ein Team von fünf Leuten unter Ihrer Leitung vor, das diese Aufgabe in etwa einem halben Jahr realisieren soll. Nun zu Ihren Arbeitsbedingungen. Ich stelle Ihnen kostenlos ein Appartement zur Verfügung, mit einer Haushälterin, die täglich für Sie da ist. Diesbezüglich brauchen Sie sich um nichts zu kümmern. Sie erhalten ein Gehalt von zehntausend Euro netto monatlich und sind krankenversichert. Sie bekommen ein von mir zusammengestelltes Team und erledigen diesen Auftrag bis Ende des Jahres. Ich lasse Sie jetzt von meiner Sekretärin abholen, Sie gehen mit ihr in ein Restaurant und stellen ihr alle Fragen, die Sie stellen wollen. Sie wird alle beantworten, soweit sie es kann. Dann kommen Sie zurück und teilen mir Ihre Entscheidung mit. Beginnen könnten wir mit dem Projekt in einer Woche. Bis dahin habe ich die vier Teammitglieder ausgesucht und Sie haben einen ersten Entwurf eines Projektsteckbriefes entworfen. Ach ja, unten steht ein Wagen mit der Endnummer 777. Den können Sie nehmen, um ins Restaurant zu fahren. Das wäre auch Ihr Firmenwagen. Benzin stellt die Firma, nur nicht für Privatfahrten. Die rechnen Sie mit der Verwaltung unbürokratisch ab.«

Seine Sekretärin war eine attraktive und sehr intelligente Marokkanerin, die in Frankreich eine Ausbildung zur Bürofachwirtin durchlaufen hatte. Kaum saßen wir in dem fast neuen dunkelgrauen Luxus-Geländewagen, als sie mich fragte, ob ich nicht in einem kleinen Restaurant unmittelbar am Meer speisen wollte. Als wir ankamen, wusste ich, warum sie mich dorthin geführt hatte. Unter Palmen und Eukalyptusbäumen standen sechs vornehm gedeckte Tische, drei Meter vom feinen Sandstrand und keine zwanzig Meter vom Wasser entfernt. Wir bestellten nur einen kleinen Salat und Kaffee und unterhielten uns pausenlos über die Firma und die Belegschaft. Nach anderthalb Stunden waren wir zurück. Ich wollte die lukrative, erste richtige berufliche Herausforderung annehmen.

»Ja, ich bin einverstanden, aber nur unter der Voraussetzung, dass das Team unbehindert arbeiten kann, uns jede Mitarbeiterin und jeder Mitarbeiter ohne jegliche Ausnahme Rede und Antwort steht und wir Zugang zu allen Betriebsunterlagen, einschließlich Personalakten erhalten. Einen Fortschrittsbericht liefern wir nur alle vier Wochen ab. Das sind die Bedingungen.«

»In Ordnung, akzeptiert. Ich werde sofort alle notwendigen Arbeitserlaubnisse beantragen. Das stellt aber überhaupt kein Problem dar. Dreißig Prozent des Firmenvermögens liegen in der Hand eines Verwandten des Königs. Daher bekommen wir von den Behörden alles, was legal oder auch nur legitim ist, in kürzester Zeit. Hier sind die Schlüssel der Wohnung. Mein Fahrer wird vorausfahren und Sie dort hinbringen. Wir sehen uns in zwei Tagen, um noch offenstehende Fragen zu klären. Auch möchte ich Sie den Vorstandsmitgliedern vorstellen. Ich wünsche Ihnen noch einen schönen Tag. Ach ja, was ich noch vergessen hätte: Darf ich Sie Nico nennen. Sie dürfen mich Pedro nennen. Das verkürzt die Redezeit sehr.«

»Ja, natürlich«, antwortete ich ein bisschen verdutzt. Im Auto atmete ich auf. Aber was hatte ich mir da andrehen lassen? Ich ging zurück ins Hotel, zog mich um und ließ mich kurze später am Strand nieder. Was war das schön, nach all diesen aufregenden Stunden sich von den Wellen herumwirbeln zu lassen.

Die drei Jungs saßen um acht Uhr im Café und unterhielten sich angeregt. Offenbar verband sie eine dicke Freundschaft. Ich bestellte beim Ober ein Glas Rotwein und gesellte mich zu ihnen. Daniel und Maurice erzählten über ihren dreistündigen Dauerlauf, Alain berichtete über seine nicht unerotischen Erfahrungen im Hammam. Ganz ungeniert sagte er mir, dass er homosexuell sei.

Als ich erläuterte, dass ich die nächsten Monate in Tanger verbleiben würde, beneideten mich alle drei sehr und wollten Details hören. In wenigen Sätzen sagte ich ihnen, was ich sagen wollte. Um das

Thema zu beenden, schlug ich vor, bei Hamadi zu speisen. Hamadi war als Feinschmeckerlokal bekannt, mit ausschließlich marokkanischen Gerichten. Die Besonderheit war, dass während des Essens vier Musiker arabische Tanzmusik zu wechselnden Bauchtänzerinnen spielten. Hamadi, wie jedes andere Restaurant auch, konnte nur dank der Touristen, die dort überwiegend viel Geld ließen, weiterexistieren. Deshalb hatten die schlanken Bauchtänzerinnen, die nach ihrer Vorstellung von Tisch zu Tisch gingen und sich von den Gästen Geldscheine anstecken ließen, die ohnehin schon spärliche Bekleidung auf ein Mindestmaß reduziert.

Natürlich war das ganze Spektakel appetitanregend. Nach dem Essen verblieben wir noch im Restaurant und bestellten eine weitere Flasche Wein. Wir unterhielten uns prächtig und ließen uns die Schleier der Bauchtänzerinnen um die Köpfe wickeln. Eine Tänzerin hatte sich Daniel ausgeguckt: Sie wickelte einen Schleier um seinen Hals und führte ihn auf die Tanzfläche. Sie zog ihm das Hemd aus, öffnete seinen Hosengürtel, krempelte seine Hose bis zur Hüfte runter und schnallte ihm einen mit kleinen Glocken bestickten bunten Gürtel um. Sodann forderte sie ihn auf, ihre Bauch- und Hüftbewegungen nachzuahmen. Es war die große Überraschung des Abends: Daniel legte im Takt der Musik einen gewaltigen Bauchtanz hin, der von Professionalität nur so strotzte. Alle Gäste standen auf, klatschten und jubelten Daniel zu. Die Bauchtänzerin selbst war so überrascht, dass sie still und zusehend am Rande der Tanzfläche mit aufgerissenen Augen dastand.

Nach gut fünf Minuten beendete Daniel den Tanz und zog sich wieder an. Es sah unsere fragenden Gesichter und klärte uns auf. In Paris hatte er vor drei Jahren als Lockerungsübungen für seine Muskulatur fast ein ganzes Jahr lang an einem Bauchtanzseminar teilgenommen. Dieses Training hatte seinen Muskeln in einer strengen Aufbauphase sehr gut getan. Und natürlich hatte er dabei auch Bauchtanzen gelernt. Der weitere Ablauf im Restaurant war nur noch heiter, der Besitzer lud uns immer wieder zu Drinks ein, als Dank für Daniels Vorstellung.

27. Juni

Am nächsten Morgen lud ich mein Gepäck ein, zahlte unter Andeutung des
Grundes meines Auszuges die Hotel-
rechnung und richtete mich in meinem
neuen Zuhause ein. Ein Wohnzimmer
mit Blick auf die Bucht von Tanger, ein
Schlafzimmer mit angrenzendem Vollbad
aus Marmor. Das Badfenster zeigte auf
die Stadt. Am schönsten fand ich aber die
nicht einsehbare Terrasse, die mir größer
schien als die ganze Wohnung. Erst im
zweiten Anlauf entdeckte ich die Küche,
die keinen Wunsch übrig ließ. Ich hatte
noch nicht alles verstaut, da klingelte es.
Vor der Tür stand eine europäisch ge-
kleidete Marokkanerin mittleren Alters,
sehr gepflegt. Was nicht zu ihr passte,
waren die vielen Tüten, die sie am Boden
abgestellt hatte.
»Ich bin Aïcha, Ihre Haushälterin«, bemerkte sie und drängelte sich mit all den
Tüten charmant durch den Türrahmen an
mir vorbei. Sie kannte die Wohnung,
denn ihr Ziel war die Küche. Kaum hatte

sie unter meinen Augen alles verstaut, wandte sie sich meiner zu und erklärte mir, was sie machen würde: Sie käme jeden Tag, um die Wohnung in Ordnung zu bringen und um zu kochen. Die Gerichte würde sie in den Kühlschrank stellen und ich hätte nur noch die Aufgabe, bei Bedarf die Gerichte in der Mikrowelle zu erwärmen. Alles, was noch am nächsten Tag im Kühlschrank sei, nehme sie mit nach Hause, so dass ich nur frisch zubereitete Gerichte im Kühlschrank vorfinden würde. Wir sprachen die Uhrzeiten ab und sie verließ die Wohnung mit einem freundlichen »Au revoir«.

Die unerwarteten Annehmlichkeiten vernebelten aber nicht meine Sinne. Ich ging zur Hauptpost und telefonierte mit Deutschland fast zwei Stunden lang. Familie, Freunde, Behörden, alle wurden über meinen längeren Aufenthalt informiert. Das nächste Internetcafé war ›meins‹. Ich installierte mich; der Inhaber brachte mir unaufgefordert eine Tasse Kaffee, die ich später teuer bezahlen musste. Ich rief Websites über Projektmanagement, Aufbau von Unternehmen und Unternehmenssteuerung auf. Immer wieder kopierte ich die für mich wichtigen Seiten, bis der Inhaber zu mir kam und mir mitteilte, er müsste erst Papier nachlegen. Als ich fertig war, kam der Schock. Für die vierstündige Internetbenutzung, die gedruckten rund dreihundert Seiten und für drei Becher Kaffe wollte er umgerechnet über dreihundert Euro haben, allein für eine Druckseite hatte er einen Euro veranschlagt. Natürlich hatte er sich auf diesen Touristen gefreut, denn so sah ich auch aus, unter all den Marokkanern, die im Internet angestrengt surften.

»Hachouma!«, schrie ich ihm verärgert ins Gesicht. Dieser Ausdruck bedeutet sehr viel mehr als »Schäme dich!«, und Araber fühlen sich allein als Adressat dieses Wortes dann wirklich beschämt, auch wenn sie es nicht sein müssten. Mit wenigen mir noch bekannten arabischen Worten fragte ich ihn, ob er mich denn ausnehmen wolle. Die übrigen »Surfer« verfolgten aufmerksam die Entwicklung

des Geschehens, bis einer von ihnen auf-
stand und mich fragte, was ich denn bezahlen würde. Ich nannte einen in meinen Augen angemessenen Preis, der nach
einer kurzen Unterredung zwischen dem
Vermittler und dem Inhaber von diesem
akzeptiert wurde. Draußen auf der Straße
stellte sich der Vermittler mir vor. Er war
Polizist, was wohl allein der Grund für
die schnelle Einigung war. Sodann ging
ich in einen Papierwarenladen und kaufte
die nötigsten Büroartikel, um den Wust
an Papier geordnet bearbeiten zu können.

30. Juni

Meine Augen ließen nicht von der Morgenröte ab. Ich saß früh morgens auf der Terrasse und schlürfte aus dem Kaffeebecher. Keine Wolke am Himmel, und ich beschloss, nach diesen zwei Tagen des Studiums und der Aufbereitung der ersten Ergebnisse meines Projektsteckbriefes einen Strandtag einzulegen. Ich war nur zwei Stunden allein, als die drei Jungs aus dem Hotel ihre Strandlaken mich umrundend ausbreiteten. So muskelbepackt wie sie waren wirkten alle drei in ihren äußerst knappen Badehöschen irgendwie unrealistisch. Kein »Faux Guide« oder sonstiger auf jede Gelegenheit wartender Teppich-, Brillen-, Obst- oder Getränkeverkäufer wagte es, uns anzusprechen. Die Muskeln zeigten Wirkung. Wir unterhielten uns prächtig, immer mehr Details aus dem Privatleben der drei Jungs kamen zur Sprache und ich erfuhr so einiges Interessante aus deren Leben. Alain hatte als Dreijähriger seine Eltern verloren. Sie kamen bei einem Autounfall ums Leben. Er wuchs bei einer Familie auf, die ihn adoptierte. Der Adoptivvater hatte ihn vor den Augen seiner Frau immer wieder missbraucht, aber stets ohne Gewalt. Seine Homosexualität fuße auf diesen Erlebnissen, so sein Psychotherapeut. Erst nach dem Abitur habe er aufgrund seines Militärdienstes die Familie verlassen können. Die Fröhlichkeit in seinem Gesicht war schon entwichen, als er anfing über sich zu erzählen. Nun weinte er, unhörbar. Daniel nutzte diese Pause, um den Ball der Erzählungen wieder aufzunehmen. Er hatte zusammen mit seinen beiden Schwestern eine sehr glückliche Jugend, wohnte in einem Nobelvorort von Paris und aalte sich als Anhängsel im Luxusleben seiner Eltern. Schon als Kleinkind fing er an, im elterlichen Fitnessraum täglich zu trainieren. Die Eltern von Maurice lebten als Großgrundbesitzer in der algerischen Grenzstadt Oran, als er geboren wurde. Sie waren als »Pieds noirs« (Schwarzfüßler), wie die Algerienfranzosen herablassend bezeichnet werden, nach seinem Abitur nach Frankreich zurückgekehrt und stolz darauf, immer wieder darauf hinweisen zu können, dass auch Yves Saint Laurent ein »Pied noir« ist. Maurice kannte die maghrebinische Mentalität und fungierte somit für seine zwei Freunde als Leiter der kleinen Gruppe.

Zunächst zollte ich dem Polizeibeamten, der in voller Uniform und bewaffnet in nicht allzu großer Entfernung von uns Stellung bezog, kein Interesse. Als sich ein weiterer Beamter zu ihm gesellte, bewertete ich das Bild schon anders. Die drei Jungs hatten die zwei Beamten wohl registriert, ihnen aber keine Bedeutung zugemessen. Kurze Zeit später kamen ruhigen Schrittes zwei weitere Beamte von der anderen Seite und schienen das Treiben am Strand zu beobachten. »Hallo«, sagte ich mir, »hier ist etwas nicht in Ordnung.« Ich machte die drei Jungs auf die »Umzingelung« aufmerksam. Nun wurde auch Daniel nervös, was uns aber nicht beunruhigte. Jeder reagiert anders, auf ungewöhnliche Situationen. Es dauerte keine weitere Minute, als ein Mann im

Anzug auf uns zukam, während die vier Polizisten einen Kreis um uns bildeten. Die Augen aller um uns liegenden Strandgäste waren auf uns fixiert, aber keiner wagte, sich dem Kreis zu nähern. Der Respekt oder eher die Angst vor der Polizei waren in diesem Lande sehr groß. Besser man hat mit dieser Institution nichts zu tun, lautete die Devise.

»Ich bin Kommissar Hassan Senhadji von der hiesigen Kriminalpolizei. Ich möchte mit Herrn Daniel Strauss sprechen. Ist er unter Ihnen?«, fragte er in einem höflichen, aber sehr bestimmten Ton.

»Ja, das bin ich«, sagte Daniel und erhob sich von seinem Strandlaken. Daniel war einen Kopf größer als der Kommissar und seine Statur verdeckte aus meiner Sicht den Körper seines Gegenübers. Wir standen dann alle gleichzeitig auf, im Rücken die Polizisten, die uns nun eingekreist hatten, denn zwischenzeitlich waren es sechs geworden.

»Ich muss Sie bitten, mit mir aufs Kommissariat zu kommen. Ich bitte Sie, ohne jetzt Fragen zu stellen, mitzukommen, ansonsten muss ich Sie hier vorläufig festnehmen lassen.«

»Können Sie bitte andeuten, worum es eigentlich geht?«, erwiderte Daniel gereizt.

»Sie können es mir, aber insbesondere Ihnen leicht machen und mitkommen. Sonst muss ich Sie verhaften und Ihnen Handschellen anlegen lassen.«

»Können meine Freunde mitkommen?«

»Ja, natürlich! Vielleicht können sie sachdienliche Hinweise geben, falls wir diese noch benötigen sollten. Aber Ihre Freunde müssen uns mit dem eigenen Wagen folgen. Ziehen Sie sich bitte jetzt an und folgen Sie den Polizisten.«

Im Kommissariat war es stickig, voll und äußerst unangenehm: Lautes Geschrei aus dem Munde all der Festgenommenen, noch lauteres Anbrüllen seitens der vernehmenden Polizisten. Weinen von Frauen, schreiende Kinder, anflehende Männer, die offenbar ihre ganze Unschuld beteuerten. Die Wände, gelb vor Nikotin, hatten vor etlichen Jahren einmal Farbe gesehen, ansonsten waren sie kahl. Der

Kommissar bat uns schroff Platz zu nehmen, inmitten dieses Chaos. Daniel sollte ihm folgen.

»Entschuldigen Sie!«, sagte ich, all meinen Mut mobilisierend. »Ich bin der Justitiar der PP-Baugesellschaft AG und würde gerne Daniel assistieren.«

»Ich habe nichts dagegen. Wissen Sie, wir haben hier nichts zu verbergen und bei uns geht es ausschließlich nach der Strafprozessordnung. Diese sieht eine Assistenz vor. Also, kommen Sie mit!«

Wir setzten uns auf zwei harte Stühle, die vor dem Schreibtisch im Vernehmungszimmer standen. Der Raum besaß nur eine Tür, kein Fenster, kein sonstiges Mobiliar, aber einen großen Spiegel. Auf dem Schreibtisch lag irgendein Objekt, das mit einem Tuch verdeckt war.

»Herr Daniel Strauss, Sie können die Sache hier sehr kurz machen und in Ihrem eigenen Interesse die Wahrheit sagen. Wenn Sie mir von Anfang an die Wahrheit sagen, dann will ich alles tun, damit Sie zusammen mit Ihren Freunden die Polizeistation wieder verlassen können. Dieses Angebot mache ich Ihnen nur ein

Mal. Sehen Sie, ich habe noch eine Einladung zu einem Empfang, und ich möchte gerne dorthin gehen. Also machen wir es kurz: Wann, wo und von wem haben Sie Rauschgift erworben?«

Daniel und ich zuckten zusammen. Wir wussten, dass die arabischen Sicherheitskräfte einen unermüdlichen, aber wohl aussichtslosen Kampf gegen das Drogenkartell in Marokko führten und Erfolgsergebnisse vorweisen mussten. Der Empfangschef im Hotel hatte uns vor jeglichem Konsum von Drogen und Kontakt mit Dealern gewarnt und uns Geschichten erzählt, die kaum zu glauben waren.

»Ich?«, erwiderte Daniel mit einer überzeugenden Unschuldsmiene.

»Ja, Sie! Herr Strauss, ich lasse Sie jetzt zwei Minuten mit Ihrem Begleiter allein. Beraten Sie sich. Eine zweite Chance gebe ich Ihnen nicht. Ach ja, und fassen Sie hier nichts an!«

Ich fragte Daniel, was das Ganze auf sich habe. Eindringlich bat ich ihn, in kurzen Worten mir zu erzählen, ob an der Geschichte was dran ist. Der Druck und die

Angst waren so groß, dass er kleinlaut zugab, fünf Gramm Rauschgift gekauft zu haben. Es waren keine zwei Minuten vergangen, als der Kommissar mit zwei unangenehm aussehenden Wärtern zurückkam.

»Nun, was haben Sie mir zu sagen?«

»Ja, ich gestehe, gestern Abend fünf Gramm Rauschgift gekauft zu haben. Ich habe hiervon meinen beiden Freunden nichts gesagt. Sie sind Schwimmen gegangen, ich ging alleine in die Stadt. In einem Bazar fragte mich ein junger Mann, ob ich nicht mal Rauschgift versuchen wollte. Er bot mir eine kleine Tüte mit nur wenig Hanf an. Ich habe das gekauft und vor Ort in einem kleinen Nebenraum genommen. Das ist alles.«

»Na, wenn das so ist, dann können wir ja alle gehen. Wundern Sie sich eigentlich nicht über den ganzen Aufwand, den wir hier in Ihrem Fall treiben? Und das für fünf Gramm? Halten Sie mich für einen Idioten?«

Daniel wurde sichtlich nervös, aber nicht nur er. Irgendetwas stimmte hier nicht.

Ich packte meinen Mut und fragte, worauf er hinaus wolle.

»Sehen Sie, ich möchte gerne zu meiner Einladung. Ich möchte diese Sache hier schnell abschließen, aber so wie es aussieht, werden wir noch lange brauchen, allein um das Protokoll zu schreiben. Ihr Freund Daniel Strauss wird für mindestens zehn Jahre ins Gefängnis gehen. Und wissen Sie, unsere Gefängnisse hier haben aber nichts, aber auch gar nichts von dem, was Ihre Arresthäuser so haben. Und zehn Jahre ist das Mindestmaß für ein Kilo Rauschgift!«

»Ein Kilo Rauschgift?«, schrie Daniel erregt und schnellte von seinem Stuhl. Die beiden Wächter kamen auf ihn zu, nahmen ihn in die Zange und setzten ihn wieder auf den Stuhl. Einer der Wächter griff in Daniels Haar und presste seinen Kopf nach unten.

»Genug«, sagte der Kommissar und Daniel konnte seinen Kopf wieder erheben. Die beiden Wärter blieben aber nun rechts und links neben Daniel stehen. Einen weiteren Ausbruch seines Erstaunens hätten die beiden Kolosse nicht zugelassen. Der Kommissar riss das Tuch von dem Objekt auf dem Tisch. Es war ein eingepacktes kleines Paket, das auf der einen Seite sauber geöffnet war. Der Kommissar drehte das Paket so um, dass wir alle lesen konnten, was handschriftlich darauf geschrieben war:

Herrn Daniel Strauss
Hotel Miramar
Zimmer 502
Tanger

Der Kommissar sah Daniel fragend an und wartete. Es war still im Raum, sehr still. Weder Daniel – wie ich später erfuhr – noch ich hatten den kleinsten Schimmer, was das Ganze sollte.

»Und? Fällt Ihnen jetzt wieder ein, was Sie mir sagen wollen, Herr Strauss?«

»Ich verstehe das nicht, was soll das? Wieso kommen mein Name und der Name des Hotels mit meiner Zimmernummer auf das Paket? Wer hat das geschrieben? Was ist in dem Paket?«, fragte Daniel sichtlich nervös.

»Das, Herr Strauss, möchte ich von Ihnen hören.«

»Dann zeigen Sie mir doch, was in dem Paket drin ist. Allein mein Name und die Anschrift auf dem Paket, das ist doch nicht strafbar, oder?«

»Nein, ganz bestimmt nicht, aber das, was in dem Paket ist, Herr Strauss. Sagen Sie es mir, Herr Strauss, was in dem Paket ist.«

Daniel zuckte nur mit den Schultern, was die Wärter aufschrecken ließ. Der Kommissar entfernte behutsam das Packpapier und jetzt konnte man den Inhalt erkennen. Eine mit Mosaiksteinchen verzierte Holzbox.

»Das, Herr Daniel Strauss, ist nicht Holz, sondern reinstes gepresstes Rauschgift, und genau ein Kilo schwer. Sie hatten vor, dieses Rauschgift bei Ihrer Ausreise mitzunehmen, und das ist strafbar, Herr Strauss, und man wird Sie für zehn Jahre hinter Gefängnismauern bringen, auch wenn hier – dank unserer guten Polizeiarbeit – nur ein Versuch vorliegt. Sie haben dieses Rauschgift gestern im Basar gekauft. Wir haben das Paket dort gefunden, denn wir haben dort eine Razzia durchgeführt. Das hat der Besitzer gestern Nacht bei dem Verhör gestanden.«

»Nein, nein, nein. So war das nicht«, stotterte Daniel. »Der junge Verkäufer hatte mir erzählt, dass seine Schwester in Frankreich demnächst heiraten würde, er aber kein Geld habe, um dorthin zu fahren und an der Hochzeit teilzunehmen. Er schäme sich so sehr, das könnte ich gar nicht ermessen. Aber es würde ihm und seiner Schwester eine große Freude bereiten, wenn sie ein wertvolles Geschenk von ihm bekommen würde. Das wertvolle Geschenk sei Ausdruck seiner Hochachtung vor dem Bräutigam seiner Schwester und Garant dafür, dass dieser Bräutigam seine Schwester gut behandeln würde. Er zeigte mir diese Holzbox. Ich dachte, dass ich hier etwas Gutes tun würde, und sagte zu. Er wollte die kostbare Holzbox noch einpacken lassen und würde mir das Paket dann in den nächsten Tagen per Boten ins Hotel schicken. Ja! Das waren seine Worte. Ich aber, ich habe nichts mit dieser ganzen Sache zu tun.«

Ich spürte, dass die Sache hier kein gutes Ende nehmen würde, und bat um eine kurze Unterbrechung. Sie wurde uns gewährt, offenbar hatte meine Funktion als Justiziar bei einem der größten Arbeitgeber in der Region Eindruck hinterlassen. Daniel musste im Verhörraum verweilen, ich rief vom Warteraum aus Pedro Padron an. Mit kurzen Sätzen erzählte ich ihm die Geschichte. Er sagte nur, dass mein Freund und ich nicht die Nerven verlieren sollten. Wenn Daniels Geschichte glaubwürdig sei, könnte er wohl bald frei sein. Der Firmenanwalt würde sich unverzüglich mit dem Kommissar in Verbindung setzen. Nur sollte mein Freund das Land schnell verlassen, aber das würde der Kommissar uns sicherlich noch erklären. Der Kommissar sah mich an und sein Gesichtsausdruck ließ die Frage erkennen, die er sich stellte. Ich bat noch um weitere fünf Minuten. Er war neugierig, wie er wohl schon aus Berufsgründen war, was nun passieren würde, und während ich mit Daniel im Verhörzimmer saß und ungeduldig wartete, klingelte irgendwo das Telefon. Ich hörte die Stimme des Kommissars. Er sprach sehr lange, offenbar schilderte er den ganzen Fall. Dann sagte er eine Weile nichts mehr. Als ich das Wort »Uacha« hörte, wusste ich, dass er mit dem Gehörten einverstanden war.

Er kam in das Verhörzimmer, entließ die Wärter und setze sich auf den Tisch.

»Sie sind Opfer eines perfiden, ja ich sage mal Spielchens geworden, Herr Strauss. Die Verdächtigen aus dem Bazar wollten Sie als kenntnislosen Kurier benutzen. Viele Touristen werden Opfer solcher Machenschaften. Aber was Sie sicherlich hören wollen: Sie können als freier Mann das Kommissariat verlassen. Nur gebe ich Ihnen einen Rat. Die Angehörigen der Verdächtigen werden nicht gut auf Sie zu sprechen sein, zumal dieses eine Kilo Rauschgift einen hohen Verkaufswert hat. Sie und Ihre Freunde sollten das Land noch heute verlassen. Die Polizei kann nicht überall sein und Sie beschützen.«

Mit der Spätfähre nach Spanien verließen die drei Jungs Tanger. Sie winkten mir noch lange zu. Als das Schiff aus dem Hafen war, fuhr ich in mein Appartement, trank eine halbe Flasche Rotwein und genoss auf der Terrasse den bunten Salat, den mir Aïcha mit einem Honig-Orangen-Dressing zubereitet hatte.

4. Juli

Den Besitzer des Internetcafés hatte ich von der Firma anrufen lassen. Alle meine Internet- und Kopierernutzungen würden jetzt von der Firma gezahlt, was zur Folge hatte, dass der Besitzer mich in unangenehmer, aufdringlicher Weise hofierte. Täglich hatte ich Stunden in diesem für mich »Arbeitscafé« verbracht und am Entwurf des Projektsteckbriefes geschrieben. Mehrere Male hatte ich mir die Liegenschaften auf dem Firmengelände angesehen und Abläufe beobachtet, um meine Quintessenz in den Steckbrief aufzunehmen. Alle Vorarbeiter waren von der Firmenverwaltung informiert worden, und so hatte ich überall freien Zutritt. Wie vereinbart, hatte ich den Bericht Pedro Padron abgeliefert. Nur die übrigen Vorstandsmitglieder, denen ich vorgestellt werden sollte, waren nicht zugegen. Auch die weiteren Teammitglieder bekam ich nicht zu Gesicht. Pedro Padron entschuldigte sich hierfür und gab mir für den Rest der Woche frei. Am kommenden Montag würde alles nachgeholt werden. Ich fuhr mit dem Fahrstuhl nach unten, nicht ohne vorher bemerkt zu haben, dass auch seine Sekretärin nicht an ihrem Platz saß. Ich ging auf meinen Wagen zu und sah von außen, dass jemand auf dem Beifahrersitz saß. Es war seine Sekretärin. Ich machte meine Tür auf und stieg in den Wagen.

»Guten Morgen«, sagte sie und sah mich mit ihren feurigen Augen an. »Haben Sie etwas für die nächsten zwei Tage vor?«

»Nein.«

»Dann machen Sie die Tür zu und fahren Sie los. Ich sage Ihnen, wie Sie fahren müssen.«

»Darf ich erfahren, wohin die Reise geht?«

»Ja, natürlich! Aber keine Bange, ich werde Sie schon nicht entführen. Und machen Sie sich keine Sorgen, was Sie für die nächsten zwei oder drei Tage brauchen, das habe ich besorgt. Es liegt im Kofferraum. Apropos, ich heiße Yasmina.«

»Wie ich heiße, wissen Sie ja sicherlich, aber sagen Sie bitte Nico zu mir. Sie sprachen zu Beginn der Entführung von zwei Tagen, jetzt von zwei oder drei Tagen! Geht das so noch weiter?«

»So lange, wie Sie wollen. Aber nun fahren Sie, Richtung Küste!«

Was mir beim Gespräch mit ihr vor ein paar Tagen im Restaurant nicht so stark aufgefallen war, waren ihre hübschen Gesichtszüge und ihr schlanker Körper. Sie dirigierte mich knapp eine halbe Stunde lang entlang der bergigen und kurvenreichen Küstenstraße. Dann ging es auf einem Schotterweg hinunter Richtung Meer, bis zu einer aus hohen Kakteen bestehenden Mauer. Ich musste vor einem Gittertor halten, das sie mit einer Fernbedienung öffnete. Kaum waren wir durchgefahren, schloss sich das Gitter. Hinter dicht gewachsenen Orangenbäumen lag ein kleiner Bungalow mit zwei Garagen, kein Steinwurf davon entfernt der schmale Strand und das dunkelblaue Meer.

»Kommen Sie, helfen Sie mir beim Auspacken!«, forderte sie mich lächelnd auf und blickte mich so verheißungsvoll an, dass ich nun endgültig ihre Absichten oder das, was auf uns zukommen würde, durchschaute.

Yasmina hatte mir aus ihrem Koffer eine Badehose mit den Worten zugeworfen, das ich nur diese hier in den nächsten Tagen benötige, wenn überhaupt. Der Bungalow verfügte über ein Schlafzimmer mit einem französischen Bett und ein nur durch einen völlig durchsichtigen Vorhang getrenntes Wohnzimmer, so dass der Strand und das Meer auch vom Bett aus zu sehen waren. Ein kleines Bad und eine kleine Küche rundeten dieses überdachte kleine Paradies ab. Unmittelbar im Anschluss an das Wohnzimmer befand sich die Terrasse. Yasmina hatte zwischenzeitlich einen winzigen Bikini angezogen. Sie nahm die Schontücher von der Garnitur und machte eine gut gekühlte Flasche Chablis auf. Mit zwei vollen Gläsern kam sie auf mich zu, gab mir einen Kuss auf die Wange und überreichte mir ein Glas.

»So, ich schlage vor, dass wir uns duzen. Das vereinfacht doch die Konversation. Dann will ich dich hier nicht weiter von vorne und hinten bedienen. Du kannst dir nehmen, was du willst, ohne Ausnahme!«

Sagte es, küsste mich auf die andere Wange, zog ihren Bikini aus und lief ins Wasser. Ich beherrschte mich und setzte mich in einen Sessel. Ich wollte sie beobachten und sie merken lassen, dass ich sie nicht aus den Augen lasse. Aber gleich hinterher rennen, das wollte ich nicht, lieber den Fisch ein bisschen zappeln lassen, den ich jetzt ohne mein eigenes Zutun ohnehin an der Angel hatte. Sie stieg so grazil langsam aus dem Wasser, dass ich mich nicht mehr zurückhalten konnte und ihr in die offenen Arme lief.

Am Abend grillte Yasmina zwei Fische, die sie mit einer Pistolenharpune frisch aus dem Meer gefangen hatte. Kurz bevor sie die Fische vom Grill nahm, belegte sie diese mit in Zimtwasser gebadeten Orangenscheiben. Zwei kleingeschnittene rote Paprika und Tomaten lieferten die Zutaten für einen nur mit Zitronensaft, Olivenöl, Salz und Pfeffer angereicherten

Salat. Der Rotwein lag in einem Kühler und hatte nicht mehr als 19 Grad. Es war alles so perfekt und so angenehm, dass ich es nicht glauben wollte. Yasmina schien meine Gedanken zu lesen. Sie nahm noch einen Schluck Rotwein, gab mir das Glas und führte mich ins Schlafzimmer.

5. Juli

Am nächsten Morgen weckte mich das Rauschen der brechenden Wellen. Yasmina schlief noch tief und völlig entspannt. Ich schlich mich ins Bad, putzte meine Zähne so leise wie nur möglich und tapste ins Meer. Das Wasser war doch nicht so warm, wie ich dachte, aber erfrischend. Ich war wach, sehr wach. Ich legte mich auf den noch feuchten Strand und schaute gen Himmel. Die Frage, die ich mir stellte, konnte ich mir nicht beantworten: Was hatte das alles zu bedeuten?

»Nico, denkst du an mich oder an jemanden anders?«, rief Yasmina von der Terrasse. Sie stand da, wie Gott sie schuf.

»Guten Morgen, Yasmina. Nach dem gestrigen Tag ist kein einziger Platz mehr für irgendjemanden in meinen Gefühlen und Gedanken. Du verzauberst mich. Warum machst du das?«

»Zum einen, weil du mir gefällst, zum anderen, weil ich den Auftrag von Pedro

Padron habe, dich zu verzaubern. Aber der erste Grund bedingt den Inhalt, und den bestimme allein ich. Also, wie ich dir schon sagte, du kannst dir nehmen, was und wie du willst, ohne Ausnahme.«

Nur der aufkommende Durst hatte die lange Tour mir unbekannter arabischer Liebeskünste angehalten. Aus dem Garten holte Yasmina Orangen, Rhabarber und Äpfel. Sie schälte und pürierte das Obst. Ein guter Schuss Cointreau, und der Liebestrank für den Rest des Tages war fertig. Am Abend lagen wir auf der Terrasse, Yasmina in meinen Armen. Wir genossen nach einem sukkulenten Essen die Stille, die auch nicht durch das leise Rauschen der kleinen Wellen gestört wurde.

»Yasmina, was sollte das vorhin mit dem Auftrag von Pedro Padron? Was verbirgt sich dahinter?«
»Du hast einen Job angenommen, Nico, der dich reichlich Nerven kosten wird. Umsonst bekommst du nicht die Zehntausend pro Monat. Du wirst vielleicht

auch manchmal verzweifeln und deine Entscheidung, das Projekt weiterzuführen, in Frage stellen. Du wirst jemanden brauchen, zu dem du Vertrauen hast und zu dem du dich zurückziehen kannst. Du wirst jemanden brauchen, mit dem du deine Frustration besprechen und bekämpfen kannst, und du wirst jemanden brauchen, mit dem du schlafen kannst. All das ist meine Aufgabe, so mein Auftrag. Und ich mache das gern, sehr gern, denn ich glaube, ich habe mich in dich verliebt. Und ich will dir alles geben. In puncto Liebe hast du das schon erfahren. In Bezug auf Vertrauen und Unterstützung, wie auch immer, wirst du es noch erfahren. Und damit eines klar ist: Pedro Padron hat Vertrauen zu mir, weil ich ihm fair und offen gegenübertrete. Ich habe nie mit ihm geschlafen, und werde es auch nicht tun. Und er hat nie auch nur ansatzweise angedeutet, dass er was von mir wolle. Seine Stellung als Sprecher des Vorstandes ist nicht ungefährlich. Einige der übrigen Vorstandsmitglieder wollen ihn abschießen. Aber das wirst du noch alles herausfinden, Nico.

Ich möchte, dass du mir gehörst und ich dir, so lange wie möglich.«

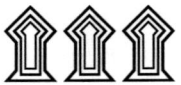

7. Juli

Als ich mit dem Fahrstuhl hochfuhr, sie-
dete meine Nervosität. Die Sekretärin
von Pedro Padron verriet mit keiner Ges-
te, dass sie mit mir die letzten Tage verbracht hatte, denn die noch skeptischen
Augen des gesamten fünfköpfigen Vorstandes verfolgten mich vom Fahrstuhl
bis zu dem gläsernen Konferenzzimmer.
Pedro Padron begrüßte mich und führte
mich von Vorstandsmitglied zu Vorstandsmitglied. Brav hielt ich stets meine
Hand hin und wiederholte mein »Angenehm« mit einem eher aufgesetzten Lächeln. Pedro Padron leitete die Sitzung.
Er stellte mich mit Nennung meiner we-
sentlichen, für die Herren des Vorstandes
wichtigen persönlichen Daten vor. Dann
referierte er über das Projekt und über
den von mir zu erledigenden Auftrag und
hob die Gründe vor, die für die Ver-
pflichtung eines völlig neutralen, von
keiner Seite beeinflussbaren oder sonst
wie abhängigen Projektbeauftragten sprachen.

»Herr Nicholas Hansen, wir freuen uns sehr, Sie hier heute kennen zu lernen. Mein Name ist Isaac Levy und ich bin der Finanzvorstand. Wie wir hörten, sind Sie Deutscher, aber in Tanger groß geworden. Sie kennen also die Mentalität der Leute, die hier leben. Wenn Sie nicht in Tanger gelebt hätten, würden wir hier und heute gar nicht sitzen und uns unterhalten. Aber wir sind gespannt von Ihnen zu hören, was Sie Herrn Padron schon als ersten Entwurf Ihres Verständnisses über das Projekt übergeben haben, und werden sehen, ob Sie Ihre ersten Eindrücke über dieses Unternehmen richtig einordnen konnten. Bitte führen Sie doch aus.«

Die wenigen Details, die ich bei der ersten Unterredung mit Pedro Padron erhalten und die ungeprüften Erkenntnisse, die ich anlässlich meiner ersten Besuche in der Produktion gesammelte hatte, waren substanziell im Projektsteckbrief enthalten, der vom Umfang her reicher war, als die internationalen Gepflogenheiten es vorgaben. Ich erläuterte Punkt für Punkt so leidenschaftlich, dass Pedro

Padron mir mit einem dezenten Handzeichen signalisierte, ein wenig langsamer vorzugehen.

»Herr Hansen, das hört sich alles schon sehr gut an. Was gänzlich fehlt, ist aber ein Fortbildungskonzept, eine Übersicht über Fortbildungsmaßnahmen, um Ihren Part nach Ihrem Weggang in sechs Monaten von unseren Leuten fortführen lassen zu können. Sie werden das aber sicherlich in kürzester Zeit nachholen können, nicht wahr?«, frohlockte Isaac Levy und gab mir dabei einen ersten positiven Hinweis auf meine offenbar überzeugenden Darlegungen. Aber ich sollte mich getäuscht haben. »Haben Sie Schwierigkeiten damit, Herr Hansen, dass Sie als Deutscher einem jeden einzelnen Vorstandsmitglied Rechenschaft ablegen müssen, wobei die Mehrheit der Vorstandsmitglieder Juden sind?«, fügte Isaac Levy mit einem außergewöhnlich scharfen Ton hinterher.

Hiermit hatte ich nicht gerechnet. Auf alle möglichen Sachfragen hatte ich eine plausible Antwort vorbereitet, nicht aber auf eine solch provokante Frage, die mit dem Projekt nichts zu tun hatte. Die Frage hatte er gut gestellt, denn mich als Deutschen als Zuarbeiter für Juden hinzustellen, war sicherlich geeignet, um meinen Charakter und meine Loyalität zu prüfen.

»Herr Levy, sollte der Vorstand mir diesen Auftrag tatsächlich anbieten, dann werde ich mit all meinen Kräften versuchen, ihn zu Ihrer aller vollsten Zufriedenheit auszuführen. Ob ich nun Deutscher und Sie Marokkaner, ob ich nun Christ und Sie Jude sind, das spielt überhaupt keine Rolle. Über Abweichungen der christlichen Religion vom Judentum mögen sich die Gelehrten streiten. Über die von der Nationalität der Eltern allein abhängige Staatsangehörigkeit von Geburts wegen braucht man sich heute in der globalisierten Welt keine Gedanken mehr zu machen. Die Deutschen haben in Deutschland unter Beweis gestellt, dass sie eine multikulturelle Gesellschaft zulassen. Daher möchte ich gerne Ihnen die Frage stellen, ob Sie schwerwiegende Reminiszenzen haben, die einer konstruktiven Zusammenarbeit mit mir wie auch immer entgegenstehenden könnten?«

Meine Aufrichtigkeit hatte ihre Wirkung nicht verfehlt. Natürlich antwortete weder Levy noch irgendein anderer aus der Gruppe auf meine Rückfrage. Dann schaltete sich Moulay Idrissi ein, der Verwandte des marokkanischen Königs, den Pedro Padron schon während unserer ersten Besprechung erwähnte. Mit leiser Stimme und seine Worte sehr artikulierend gab er mir zu verstehen, dass der Vorstand immer über alles informiert sei, draußen wie drinnen. Über jede Illoyalität oder sonstige dubiose Verhaltensweisen würde einer der Vorstandsmitglieder unverzüglich unterrichtet. Er gab mir die Empfehlung, ich sollte mich bei aufkommenden Zweifeln egal welcher Art beim Vorstand sofort rückversichern, um eine fruchtbare Zusammenarbeit zu gewährleisten.

Ich hatte es geschafft. Der Vorstand unterschrieb ein von Pedro Padron vorbereitetes Memorandum und ich wurde aus der Besprechung entlassen. Offenbar hatten die Herren noch weitere Details zu besprechen, die nicht für meine Ohren bestimmt waren. Yasmina saß an ihrem Schreibtisch und sah mich mit fragenden Blicken an. Als ich nickte, musste sie sich zusammenreißen, um nicht aufzuspringen und mich zu umarmen. Sie teilte mir mit, dass Roland angerufen habe und mich heute Abend zusammen mit seiner Frau in meinem Appartement besuchen kommen wollte. Wenn er nichts mehr höre, wären sie um acht Uhr da.

»Yasmina, ich möchte, dass du dabei bist. Bitte komme so um sieben Uhr, dann haben wir noch eine Stunde für uns. Könntest du bitte meine Haushälterin anrufen und sie bitten für vier Personen ein Menü zusammenzustellen und den Tisch zu decken. Ich muss über das Gespräch noch ein Protokoll - für mich - schreiben. Danach treffe ich mich mit Pedro Padron und den übrigen Teammitgliedern im Restaurant.«

»Für den Herrn Beauftragten des Vorstandes mach ich doch glatt alles«, schmunzelte sie so vor sich her und würdigte mich keines weiteren Blickes. Erst da merkte ich, dass der Vorstand uns beobachtete. Yasmina hatte aber in solchen Wahrnehmungen mehr Übung.

Pedro Padron hatte das kleine Hinterzimmer reserviert, das fast jedes Restaurant für ungestörte Gespräche zur Verfügung stellt. Ich lernte alle vier Teammitglieder, die schon seit Jahren erfolgreich in der Firma tätig waren, kennen: Marcel, ein in Casablanca aufgewachsener Franzose, als Buchhalter, Hassan als Personalexperte, Ahmed als Diplom-Ingenieur und Nadia als Schreibkraft oder Sekretärin des Teams. Nadia war nur schön, wusste es, spielte aber ihre Schönheit nie aus. Das machte sie sympathisch. Auffällig war Marcel mit seinem eingefallenen Gesicht und seiner hageren Statur. Tiefe Ränder unter seinen Augen verrieten nichts Gutes. Aber über Gesundheit wurde nicht gesprochen. Das Arbeitsessen dauerte ganze sechs Stunden: Alle Arbeitsschritte, Aufgaben und Zuständigkeiten wurden definiert, analysiert und von Nadia in Steno niedergeschrieben. Taugliche wie untaugliche Versuche, Ergebnisse und Zielerreichungen sollten dokumentiert werden und Gegenstand der alle drei Tage stattzufindenden Besprechungen sein. Jedes Teammitglied sollte so auf dem gleichen Stand sein. Fest stand nur das zu erreichende Ziel: den Produktionsablauf und die Produktionsergebnisse nachhaltig optimiert zu haben.

Ich stand noch unter der Dusche, als Yasmina hereinkam. Auch sie war geblendet von Aïchas Künsten, einen Tisch so geschmackvoll zu decken. Yasmina wirkte nervös und angespannt. Wir saßen auf der Terrasse und plauderten so vor uns hin. Als es klingelte, gingen wir beide zur Tür. Roland und Joanne hatten sich sehr fein herausgeputzt, während wir eher sportlich gekleidet waren. Yasmina hatte sich einen Spaß daraus gemacht, eine hellblaue Jeans mit einer weißen Bluse anzuziehen, und mir eine ebenfalls

hellblaue Jeans und ein weißes kurzärme-
liges Hemd zum Anziehen aus dem
Schrank geholt.

»Guten Abend, ihr zwei! Danke für die
Einladung. Na ihr habt es aber eilig, eure
Zusammenhörigkeit zu zeigen. Aber nett
seht ihr aus«, feuerte Roland seine Be-
grüßungsworte heraus. Joanne umarmte
Yasmina sehr herzlich, und in deren Begrüßung lag irgendwie etwas Intimes
drin. Sie nannten sich Jo und Yasmin,
was darauf schließen ließ, dass sie sich
kannten. Beide klärten mich auf, dass sie
sich schon länger kennen würden und
Freundinnen seien. Die Menüfolge hatte
Aïcha sehr gut ausgewählt und ich hatte
mir vorgenommen, gleich mit ihr über
eine Gehaltserhöhung zu sprechen, um
sie zu motivieren, weiterhin diese Glanz-
leistungen zu vollbringen. Diese Gehaltserhöhung würde ich ihr dann persönlich
geben, da sie ja von der Firma bezahlt
wird. Nach dem Dessert bat mich Roland
in die Küche, unsere beiden Damen hatten es sich mit einem Glas Champagner
auf dem Zweisitzer bequem gemacht.

»Nico, morgen habe ich ein vertrauliches, das heißt geheimes Gespräch mit dem Betriebsratvorsitzenden des Zementwerkes. Dieses Werk befindet sich rund hundert Kilometer von hier entfernt und beliefert ganz Nordmarokko mit Zement. In dem Werk kriselt es und der Mann will sich der Rückendeckung der Presse sicher sein, um auch in der Öffentlichkeit Gehör und Akzeptanz zu finden. Ich glaube, das könnte für dich von Interesse sein. Ich werde dich informieren. Aber bitte kein Wort darüber, denn die Angelegenheit ist nicht ungefährlich.«

Als wir aus der Küche gingen, hingen Joanne und Yasmina sehr eng zusammen und flüsterten sich angeregt etwas ins Ohr. Beide verstanden sich offenbar prächtig, und ich war froh darüber, denn das würde mein Privatleben, das sich wohl auf Yasmina, Roland und Joanne beschränken würde, erheblich vereinfachen. Es wurde noch ein heiterer Abend, Roland und Joanne ergänzten sich sehr gut in der Unterhaltung, was ich bislang von Paaren so nicht kannte. Punkt dreiundzwanzig Uhr erhob sich Roland und beendete die nette Nacht. Er hatte es sich zum Prinzip gemacht, Wochentags spätestens um diese Zeit jegliche Party zu verlassen.

Wir räumten noch schnell auf und während des Abtrocknens des Silberbestecks fragte ich Yasmina ganz beiläufig, woher sie denn Joanne so gut kenne. Yasmina nahm mir das Handtuch aus der Hand und führte mich auf die Terrasse. Sie goss unsere Champagnergläser voll und sah mir tief in die Augen.

»Nico, wir beide haben uns versprochen, uns nicht anzulügen und auch nicht um den heißen Brei herumzureden. Siehst du, es ist ja nicht alles Gold, was glänzt, und die Realität hat oft ein anderes Gesicht als das, das man sieht. Joanne ist eine reizende, gefühlsbetonte und intelligente Person, voller Lebenserwartung. Sie liebt Roland sehr und offenbart ihm ihre Liebe wann immer möglich. Roland dagegen ist nicht der Gefühlsmensch. Er arbeitet viel, unbestreitbar, ist aber immer müde und zeigt seine Gefühle sehr wenig. Insoweit erwidert er auch nicht Joannes Gefühle. Sie sagte mir mal, sie wisse nicht mehr, was Zärtlichkeit sei, sie würde nicht mehr von Roland gestreichelt oder in die Arme genommen. Seinen Ehepflichten würde er zwar nachkommen, das Ganze dauere aber keine fünf Minuten.«

»Okay! Das wusste ich nicht. Aber damit beantwortest du noch nicht meine Frage, woher ihr euch kennt.«

»Joanne und ich hatten uns auf einem Empfang kennengelernt. Sie lud mich zu sich nach Hause ein. Als ich dort ankam, empfing sie mich im knappen Bikini und führte mich in den Garten. Wir tranken Weißwein und unterhielten uns angeregt. Sie lud mich ein, in den Pool zu springen. Ich hatte keine Badesachen dabei und sie sagte, wir wären allein, ich sollte einfach nackt in das Wasser springen. Es war sehr schwül an diesem Nachmittag. Ich tat es, und sie beobachtete mich vom Rand aus. Als ich aus dem Pool kam, gab sie mir ein winziges Handtuch. Dann setzten wir uns auf den Rasen, auf eine Decke. Sie fing an, mich zu streicheln, und ich fand das schön. Ich ließ sie gewähren, und sie streichelte mich immer eindringlicher. Wir haben miteinander geschlafen, nicht nur an diesem Tage, sondern auch danach. Wir haben auch mehrfach über unsere sexuelle Beziehung gesprochen. Wir sind nicht lesbisch veranlagt. Wenn du willst, sind Joanne und ich heterosexuell und ein wenig bisexuell. Ja, das ist die beste Definition.«

»Habt ihr diese Beziehung auch noch heute?«

»Ja Nico, kein Mann kann beim Sex empfinden, *was* eine Frau *wann* und *wie* intensiv möchte. Wir Frauen spüren das aber beim Sex. Und deshalb ist uns diese Zärtlichkeit so wichtig. Nehme das bitte nicht persönlich, Nico. Es ist nun einmal so.«

»Und wie passt jetzt unsere Beziehung da hinein?«

»Unsere Beziehung wird nicht darunter leiden, Nico. Erstens wissen wir nicht, wie lange sie Bestand haben wird, und deshalb gebe ich Joanna jetzt nicht auf. Zweitens liebe ich Joanna nicht, und Joanna mich nicht. Wir haben nur Vertrauen zueinander und genießen unseren Sex.

Ich komme bei ihr und bei dir zum Höhepunkt, aber der Unterschied liegt allein darin, dass ich nur dich liebe. Und das ist wichtig, nichts anderes. Alles andere wird die Zeit zeigen.«

8. Juli

Es war erst sechs Uhr, als ich in der Firma unser Team-Büro als Erster aufsuchte. Noch sah alles geordnet und übersichtlich aus, aber wie lange würde es noch so bleiben, fragte ich mich relativ ahnungslos. Um acht Uhr waren wir komplett. Jeder arbeitete in seinem »Ressort« erste Überlegungen aus, die wir nachmittags zusammenführen wollten. Nadia versorgte uns mit Kaffee und Wasser und richtete das Großraumbüro ein. Zwischendurch bekam ich ein Telefonat von ihr mit der örtlichen Telefongesellschaft mit. Sie wollte noch heute fünf zusätzliche Nummern freigeschaltet bekommen. Es dauerte keine Stunde, und wir hatten alle einen Anschluss. Mit Genugtuung stellte ich fest, dass sie sich als Frau in einer ausgesprochenen Männerwelt energisch durchsetzen konnte. Ja, ich hatte sie zu Beginn einfach unterschätzt. Ganz beiläufig fragte ich Ahmed, unseren Diplom-Ingenieur, was denn passieren würde, wenn das Unternehmen kein Strom mehr erhalten würde. Ahmed wies mich auf die sechs unabhängigen, mit Diesel betriebenen Stromaggregate hin, die in der Lage wären, den Betrieb zu 70 Prozent weiterfahren zu können. Ich schloss gleich die Frage an, was denn passieren würde, wenn wir keinen Zement mehr bekommen würden. Ahmed zuckte nur mit den Schultern. Dann würde der gesamte Betrieb stillstehen, sagte er ganz unbekümmert. Eine derartige Fallgestaltung schien ihm absurd, weil unmöglich.

Der erste Arbeitstag in der Firma neigte sich dem Ende zu. Yasmina rief mich an und übermittelte mir, dass Roland mich unbedingt sprechen müsste und mich in seinem Büro noch erwarte. Sie würde zu Joanne fahren und ich sollte kurz anrufen, wenn ich bei Roland fertig sei. Natürlich stellte ich mir Yasmina und Joanne beim Sex vor. Als ich im Verlag eintraf, begleitete mich ein Mitarbeiter bis zu Rolands Büro. Es war groß und modern eingerichtet. Roland kam auf mich zu und lud mich ein, in einem der

Sessel um den Konferenztisch Platz zu nehmen. Auf der Mitte des Tisches lag ein elektronisches Gerät, das wohl die Kompliziertheit der Technik widerspiegeln sollte. Roland drückte auf einen kleinen roten Knopf, aber nichts passierte. Er sah meinen fragenden Blick und sagte ganz beiläufig, dass es sich um einen Störer handele, der das Auspeilen oder Mithören von draußen verhindere.

»Nico, was ich dir jetzt sage, habe ich dir nie gesagt. Wenn du gefragt wirst, was du hier wolltest, dann sage ganz einfach, dass du mit mir über Druckpreise konferieren wolltest. Ich sende dir auch morgen per Post ein Angebot zu. So sind wir auf der sicheren Seite. So, nun zum Problem. Die Arbeiter des Zementwerkes sind mit ihren Arbeitsbedingungen seit Jahren sehr unzufrieden. Die präventiven Vorkehrungen für die Gesundheitserhaltung werden zwar immer wieder angekündigt, aber von den Arbeitgebern nicht realisiert. Die Löhne werden entgegen den staatlichen Vorgaben nicht angepasst. Alle Gespräche der Belegschaft mit der

Leitung verliefen im Sande. Jetzt plant die Belegschaft einen Sabotageakt, der die Fabrik für Tage, wenn nicht Wochen lahmlegt. Mit anderen Worten: Du bekommst keinen Zement mehr!«

»Okay! Das ist schon alles ungewöhnlich, aber warum diese Geheimhaltung?«

»Ganz einfach! Wenn es keinen Zement mehr gibt, liegen alle Bauvorhaben auf Eis, auch staatliche Aufträge sind dann natürlich davon betroffen. Es kann zur Intervention des Staates kommen, also zu Zwischenfällen, die nicht mehr ohne weiteres kontrolliert werden können, mit politischen, ja nicht auszuschließenden internationalen Implikationen, die zu sehr schlimmen, katastrophalen Folgeerscheinungen führen können. Jeder Mitwisser oder jeder, der nicht versucht hat, die Staatsmacht von dieser Sabotage und deren möglichen Folgen zu unterrichten, landet direkt im Gefängnis.«

»Okay, ich habe verstanden. Wie viel Zeit bleibt mir noch?«

»Zwei Tage!«

Roland drückte wieder auf den roten Knopf und sagte mit normaler Stimme, dass er mir dann ein schriftliches Angebot zukommen lassen würde. Ich bat ihn darum, Yasmina, die sich bei Joanne aufhalten würde, vom Ende unserer Besprechung telefonisch informieren zu dürfen, was er mir sofort zubilligte. Ich bemerkte, wie er seine Stirn in Falten zog. Als wir bei ihm zu Hause ankamen, begrüßten uns Joanne und Yasmina überschwänglich freundlich. Beide hatten nur sehr kurze Shorts und weit ausgeschnittene, fast durchsichtige Hemdchen an. Yasmina nickte mir ganz unauffällig zu, und ich wusste, dass es »passiert« war. Natürlich hatte ich mich in dem Moment darüber geärgert, aber ich konnte nicht anders, als Yasmina in die Arme zu nehmen und zu küssen. Sie hatte es auf einmal sehr eilig, mit mir nach Hause zu gehen.

9. Juli

»Ich muss sofort zu Pedro Padron!«, sagte ich Yasmina. Er sah mich durch die große Trennwand aus Glas und winkte mich hinein.

»Pedro, es gibt etwas, was ich Ihnen sagen müsste, aber ich darf es Ihnen nicht sagen. Bitte haben Sie Vertrauen. Ich brauche nur das Einvernehmen des Vorstandes, den beim Zementwerk zur Verfügung stehenden Zement in der Totalität aufkaufen zu können. Weiterhin will ich aus Gibraltar noch heute eine Schiffsladung Zement bestellen. Das könnte mit der letzten Fähre morgen in Tanger sein. Wegen des möglichen Regens muss sofort mit dem Bau einer einfachen Lagerhalle begonnen werden. Ich habe mir die entsprechenden Daten besorgt und die Kosten grob kalkuliert. Das ganze Unterfangen würde uns eine viertel Million kosten. Der Gewinn dieser Geschichte wird sich zwischen zwei und drei Millionen einpendeln. Bitte lesen Sie hier mein

Exposé. Ich brauche die Entscheidung innerhalb der nächsten halben Stunde.«

»Nun mal langsam, Nico. Das hier ist eine große Sache. Sie müssten mir schon mehr Details geben, bevor ich Ihnen die Genehmigung erteile, eine Lagerhalle zu bauen und Zement für ein Vermögen zu kaufen.«

»Offiziell soll dieses Unterfangen der Prüfung einer Unabhängigkeit von Materialzulieferungen dienen. Was ist eine Produktionssicherheit wert, die von der Zulieferung völlig abhängig ist?«

»Und inoffiziell?«

»Pedro, das, was ich Ihnen jetzt sage, muss ein Geheimnis bleiben, zumindest für die nächsten zwei Tage. Nur Sie und ich dürfen davon wissen, wir dürfen keiner weiteren Person irgendwelche Informationen geben oder auch nur Andeutungen machen. Es muss für alle Außenstehende so aussehen, als ob diese Zementaufkäufe als Erstmaßnahmen im Projekt bereits vorgesehen waren. Ich werde daher den Steckbrief sofort nach Ihrer Entscheidung abändern. Nun werde ich Ihnen sagen, was passieren wird.«

Pedro Padron wurde bleich und sackte in sich zusammen. Es schien eine Ewigkeit zu dauern, bis er sich gefangen hatte. Aber ich irrte. Plötzlich schnellte er von seinem Ledersessel hoch und zischte mich an. »Was stehen Sie hier noch herum? Haben Sie nicht den nächsten Schritt zur Realisierung der Ausgangslage gemäß Ihrem Projektsteckbrief in die Wege zu leiten? Was war das noch mal? Ach ja, Zementunabhängigkeit für zwei Monate zu gewährleisten. Also bitte, fangen Sie mit der Umsetzung an, sofort!« Er zwinkerte mir zu.

Mein Team saß im Büro und arbeitete angestrengt. Ich allein war befugt, den zentral abrufbaren Steckbrief abzuändern. Als ich damit fertig war und in der Historie das Änderungsdatum gelöscht hatte, bat ich meine Teammitglieder den Steckbrief auf die Bildschirme zu rufen. Keiner hatte Verdacht geschöpft. Ich gab meine Anweisungen und die Maschinerie rollte an. Telefonisch wurde im Zementwerk der gesamte Bestand aufgekauft und es wurden sieben schwere Lastkraftwagen losgeschickt, den vorhandenen Zement abzuholen. In Gibraltar wurde bestellt, was im dortigen Zementwerk vorrätig war. Fünf gemietete Schwertransporter sollten die Ware per Schiff am darauffolgenden Tage nach Tanger bringen. Auf dem Firmengelände wurde mit der Errichtung einer großen überdachten Lagerhalle begonnen. Die weiteren Vorstandmitglieder hatten sich vergewissert, dass diese Aktionen in dem von ihnen ja gebilligten Steckbrief aufgeführt waren und zuckten nur mit den Schultern: Der Zement würde ohnehin benötigt und eine neue mit Eigenmitteln errichtete Lagerhalle könnte man immer gebrauchen und würde auch nicht die Welt kosten. Dass der Steckbrief wenige Minuten zuvor abgeändert wurde, wussten sie nicht. Weder Pedro Padron noch ich hatten ein schlechtes Gewissen, wie denn auch? Alles diente doch nur der Firma.

14. Juli

Kommissar Hassan Senhadji stieg aus seinem Wagen, gefolgt von zwei Polizisten in Uniform. Sie hatten Maschinenpistolen bei sich. Sie fuhren, ohne auch nur ein Wort zu sagen, mit dem Fahrstuhl in den fünften Stock. Yasmina ging auf sie zu und fragte, ob sie helfen könne. Ohne sie auch nur eines Blickes zu würdigen, strebte Kommissar Senhadji direkt auf das Büro von Pedro Padron zu. Die zwei Polizisten postierten sich vor die Tür.

»Herr Pedro Padron, ich will es kurz machen, denn ich habe noch eine persönliche Einladung vom französischen Botschafter zum heutigen französischen Nationalfeiertag. Bitte erklären Sie mir, warum Sie vor ein paar Tagen den gesamten Zement unseres Zementwerkes aufgekauft haben. Und dabei können Sie mir dann auch erklären, warum Sie eine Schiffsladung Zement aus Gibraltar haben kommen lassen. Ich will nur die Gründe wissen.«

Pedro Padron erläuterte, warum ich hier war. Er erläuterte das Projekt und zeigte Kommissar Senhadji den Steckbrief auf dem Bildschirm seines Laptops. Der Kommissar wollte mich sprechen und ich wurde hineingerufen. Als er mich sah, runzelte er die Stirn. Pedro Padron stellte mich vor.

»So sieht man sich wieder!«, begrüßte mich der Kommissar. »Herr Hansen, ich möchte von Ihnen wissen, wann der Gedanke, eine Zulieferungssicherheit am Beispiel Zement als Projektpunkt zu sehen, von Ihnen entwickelt wurde.«

»Das kann ich Ihnen genau sagen. Bei der Ausformulierung des ersten Entwurfs des Steckbriefes, das war so um den 27. Juni.«

»Und warum gerade Zement?«

»Weil diese Firma ohne Zement die Tore schließen kann, was für über tausend Arbeiter die Arbeitslosigkeit bedeuten würde. Zement wird hier für alle Produktionsbereiche benötigt, Kanalisationsrohre, Wände und Decken, Bausteine und Fliesen, und, und, und. Kein anderes Material ist so wichtig für diese Firma. Sand und Wasser könnte sich die Firma überall und immer besorgen, nicht aber Zement. Aber, warum fragen Sie mich das? Sie sind doch von der Polizei. Was hat die Polizei mit diesem Punkt aus dem Projektsteckbrief zu tun?«

»Hier stelle nur ich die Fragen. Gibt es Zeugen, die bestätigen können, dass Sie diesen Gedanken schon Ende Juni hatten?«

»Nein! Wie denn auch? Dieser Punkt ist wie viele andere auch im Projektsteckbrief aufgeführt. Dieser wurde dem Vorstand vor ein paar Tagen erläutert. Also wissen alle Vorstandsmitglieder davon; aber natürlich auch mein Arbeitsteam.«

»Ich will Ihnen sagen, warum das wichtig ist. Das zentrale Zementwerk kann für die nächsten zwei bis drei Wochen keinen Zement mehr produzieren. Der Staat hat alle Reste beschlagnahmt und verteilt im Norden des Landes Zement nach Prioritäten. Der Zementpreis aus Gibraltar ist als Folge des hiesigen Ausfalls seit gestern für den Export um dreihundert Prozent gestiegen, so dass er nicht mehr bezahlbar ist. Wir leiden unter einer Ze-

mentknappheit. Das Werk, das für Süd-
marokko produziert, kann den Ausfall
nicht ansatzweise ausgleichen. Es ist ein
Notstand, und der Staat regiert natürlich
darauf. Wir von der Polizei müssen fest-
stellen, ob und woher jemand hiervon
vorab wusste und daraufhin zum Beispiel
einen Großeinkauf getätigt hat. Das wird
für die Mitwisser böse Konsequenzen
haben!«, sagte Kommissar Senhadji, uns
aufmerksam musternd.

Pedro Padron und ich schauten aus dem
Fenster, als der Kommissar zu uns nach
oben sah und kurz mit der Hand grüßte.
Offenbar hatten wir ihn überzeugt, denn
sonst wäre er nicht so gegangen. Ich eilte
zu den verschiedenen Produktionsstätten
und gab den Vormännern die Weisung,
sich aus der Lagerhalle so viel Zement zu
holen und in der Produktionsstätte zu
verstauen, wie es für eine Woche not-
wendig ist. Sicher ist sicher, dachte ich
und stellte mir schon die Polizei bei der
Beschlagnahme des Zements in der Lagerhalle vor. Natürlich hatte das Erschei-
nen der Polizei einiges Aufsehen erregt,

aber keiner wagte, nach dem Grund zu fragen. Ich kehrte ins Büro zurück, die Augen meines Teams auf mich gerichtet. Auch hier fragte keiner nach. Nur Marcel kam zu mir. Er fragte mich, ob er nach Hause gehen dürfe, er fühle sich nicht gut. Da er ohnehin blass und eingefallen aussah, gab ich ihm frei. Yasmina holte mich um siebzehn Uhr ab und versprach mir einen schönen Abend. Kurz vor dem Pförtnerhäuschen stand ein Hüne von Mann pechschwarzer Hautfarbe und grüßte uns beim Vorbeifahren. Ich hatte diesen Mann schon mehrfach am Tor gesehen. Er gehörte zu uns, und jedes Mal, als ich vorbeifuhr, grüßte er höflich.

»Kennst du den, Yasmina?«, fragte ich.

»Ja! Es ist ein Kenianer. Er hat den weiten Weg von Kenia durch ganz Afrika mit seiner Familie gemacht, um nach Europa zu gelangen. Menschenhändlern hat er sein ganzes Vermögen gegeben, diese haben ihn und seine Familie aber nur bis Mauretanien gebracht. Er ist letztlich hier gestrandet, hat aber die Hoffnung nicht aufgegeben, über Tanger nach Spanien zu gelangen. Er hat noch eine süße Frau und eine elfjährige Tochter. Ich fand seine Frau so niedlich, sie ist eigentlich auch noch ein Kind. Und deshalb habe ich ihnen geholfen. Ich habe ihm hier Arbeit verschafft. Er wohnt mit seiner Frau und seiner Tochter irgendwo hier in den Bergen. Willst du noch was wissen, Nico?«

»Ja, hast du mit mir heute noch was vor?«

»Ja, lass uns jetzt in ein Hammam gehen und uns dort reinigen lassen, von Kopf bis Fuß. Du wirst sehen, das tut gut, wenn man sehr abgespannt ist. Und am nächsten Tag fühlt man sich wie neugeboren und voller Tatendrang.«

Nach dem Hammam war ich so müde, dass ich zu nichts mehr zu gebrauchen war und nur noch nach Hause wollte. Yasmina streichelte mich zärtlich, ich schlief ich in ihren Armen ein.

15. Juli

Marcel saß nicht an seinem Schreibtisch. Nach zwei Stunden war er immer noch nicht an seinem Platz, und einen Auswärtstermin hatte er auch nicht eingetragen. Keiner wusste, wo er war. Ans Telefon ging er auch nicht. Marcel fehlte, und sein Fehlen war nicht ohne. Er war ein zuverlässiger und intelligenter Buchhalter. Nadia erklärte mir, dass Marcel ihr vor ein paar Monaten einen Zweitschlüssel für seine Wohnung gegeben habe, »für alle Fälle«, meinte er damals. Ich bat kurzerhand Nadia mit Ahmed zu Marcel zu fahren und nachzusehen. Mit Hassan musste ich unaufschiebbare Personalfragen klären. Sonst hätte ich ihn auch mitgeschickt. Es ist immer besser zu dritt aufzutreten. Dumme Fragen oder böse Spekulationen, wenn eine Frau und ein Mann allein zusammengesehen werden, erübrigen sich dann. Marcels Wohnung war aufgeräumt, es roch nur stark nach Medikamenten. Das Telefon klingelte. Ahmed nahm den Hörer ab und sagte nur

»Hallo«. Die Stimme am anderen Ende meldete sich mit Dr. Abergel und fragte, ob es Marcel sei, der am Telefon ist. Als Ahmed dies verneinte, sagte Dr. Abergel nur noch, Marcel möge sich bei ihm melden. Die ganze Situation war für Nadia und Ahmed merkwürdig und unerklärlich. Sie kamen unverrichteter Dinge ins Büro zurück.

Mir war nicht wohl zumute. Ich machte mir Gedanken über den Verbleib von Marcel. Hatte die Polizei ihn etwa mitgenommen, um ihn zu verhören? Die Unruhe ergriff mich voll, und ich entschied, einen Angestellten vor Marcels Wohnung zu postieren, ausgestattet mit einem Mobiltelefon. Von seinem Wagen aus konnte er die Hauseingangstür und die Fenster von Marcels Wohnung beobachten. Yasmina hatte ich informiert und sie gebeten, mir am heutigen Abend vollen Handlungsspielraum zu geben. Ich wusste nicht, was auf mich zukommen würde, denn die Sache mit Marcel gefiel mir nicht. Nach der Dusche kleidete ich mich sportlich an, nahm die Tageszeitung und einen Becher Kaffee und setzte mich auf die Terrasse. Das Telefon klingelte, als ich ansetzte, einen Schluck Kaffee zu trinken. Das Klingeln hatte mich derart erschreckt, dass ich den Kaffeebecher fallen ließ. Am anderen Ende war Marcel. Er sagte nur, er würde in einer halben Stunde in seiner Wohnung sein, und fragte, ob ich zu ihm kommen könne.

Ich klingelte und Marcel machte mir die Tür auf. Er sah erschreckend schlecht aus. Mit einer Handbewegung deutete er an, ich solle Platz nehmen. Er setzte sich auch und ich merkte, dass allein dieses Hinsetzen ihn schon viel Kraft kostete.
»Herr Hansen, was ich Ihnen jetzt sage, muss unter uns bleiben. Ich will Ihnen eine Geschichte erzählen, eine wahre Geschichte. Es war vor drei Jahren. Ich bin Mitglied in einem internationalen Golfclub, der auch Turniere mit anderen Ländern organisiert. Nicht dass Sie sich wundern, aber so teuer ist die Mitgliedschaft in einem Golfclub heutzutage nicht mehr. Wissen Sie, Golf ist nicht nur in den Vereinigten Staaten ein Massen-

sport. Hier in Marokko wird man vom nationalen Verband gefördert, wenn man gut spielt. Und ich spielte gut und wurde auch gefördert. Der Club trug hier in Tanger ein Turnier mit mehreren europäischen Partnerclubs aus. Einer der Teilnehmer kam mit seiner großen weißen Yacht nach Tanger. Er lud mich zum Abendessen auf sein Schiff ein. Warum nicht, dachte ich völlig voreingenommen. Eine solche Gelegenheit bekommst du nicht wieder! Nach dem Abendessen servierte er uns einen Gin on Ice. Offenbar war aber nicht nur Gin in dem Glas. Er muss auch eine Droge beigefügt haben, denn ich wurde willenlos. Er führte mich in sein Schlafzimmer und vergewaltigte mich. Ich konnte nichts machen, ich war nur willenlos. Als er endlich fertig war, ließ er mich von seiner Mannschaft an Land bringen und am Strand absetzen, besser gesagt liegen. Erst am nächsten Morgen rüttelten mich zwei Polizisten wach. Der Vergewaltiger hatte mich infiziert. Ich habe Aids, Herr Hansen, Aids im fortgeschrittenen Stadium, und war gestern den ganzen Tag im Krankenhaus.

Mein Kopf war voll und auch wieder leer. Ich kam nicht auf den Gedanken, das Team - wie auch immer - zu benachrichtigen.«

16. Juli

Das Team war komplett. Ich referierte über die bislang erzielten Ergebnisse und jeder Teilnehmer erläuterte, welche Maßnahmen er demnächst in Angriff nehmen wollte. Mit einen ersten Zwischenbericht wollten wir in drei Tagen beginnen und versuchen, diesen in zwei Tagen fertig zu stellen. Ein Hauptthema würde der schon zu verzeichnende Anstieg des Umsatzes durch die Preiserhöhung unserer Waren sein. Jeder, der Waren aus Zement kaufen wollte, musste sich an unsere Firma wenden, die eine Zeit lang eine entsprechende Monopolstellung besaß und demzufolge die Preise erhöhte. Als Marcel an der Reihe war, holte er tief Luft.

»Ich habe gestern Abend mit unserem Teamleiter gesprochen und ihm erklärt, warum ich gestern den ganzen Tag abwesend war. Herr Hansen hat mir empfohlen, euch die Wahrheit zu sagen, auch um zu prüfen, ob eine weitere Zusammenarbeit mit mir von euch gewünscht wird. Ich habe Aids. Nach Aussage der mich behandelnden Ärzte habe ich nur noch wenig Zeit vor mir. Soll ich mich zurückziehen und elendig in meinem Selbstleid zugrunde gehen, oder soll ich versuchen, die Krankheit zu ignorieren und mich sinnvoll als vollwertiger Mensch zu beschäftigen? Das ist die Alternative, vor der ich stehe. Und die Entscheidung, ja die Entscheidung kann ich nicht allein treffen. Ich brauche eure Meinung dazu, denn ohne die Frage geklärt zu haben, wie ihr jetzt zu mir steht, kann ich alleine nichts entscheiden.«

Irgendwo klingelte ein Telefon. Dieses eigentlich unbedeutende Zeichen war aber das Signal der übrigen Teammitglieder, sich für die Fortsetzung der Arbeit in gewohnter Zusammensetzung zu entscheiden. Als ob nichts gewesen wäre, begab sich jeder an seinen Platz. Marcel weinte leise vor sich hin, vor Freude über das Mitgefühl und die Entscheidung seines Kollegenkreises.

20. August

So langsam fing ich an, mich über das tägliche zeremonielle Grüßen des Kenianers beim Verlassen der Firma zu ärgern. Es war ein Freitag, und ich entschied, den Kenianer zu fragen, ob er was von mir wolle. Ich hielt an und fragte auf Englisch, ob er Hilfe brauche. Er antwortet sehr erregt, offenbar in Kisuaheli. Ich zuckte nur mit den Schultern, um ihm zu verstehen zu geben, dass ich kein Wort verstehen würde. Er verstand das offenbar und sagte nur »Monday«. Ich vermutete, dass er die Unterredung am Montag fortsetzen wollte, grüßte und fuhr weiter.

Das Wochenende war schön und erholsam. Wann immer eine Kulturveranstaltung angeboten wurde, Yasmina und ich waren stets dort. Diese Veranstaltungen waren in Tanger eine Möglichkeit, die gehobene Gesellschaft zu treffen, neue Bekanntschaften zu schließen, mit alten Bekannten zu plaudern. Roland musste schon von Berufs wegen daran teilnehmen. Wir standen oft zu viert zusammen und amüsierten uns prächtig. Immer wieder stellte ich mir die Frage, ob auch Joanne ihm offenen Wein im Hinblick auf ihre Liaison mit Yasmina eingeschüttet hatte.

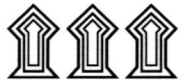

23. August

Es war Montag, und der Kenianer stand schon früh morgens vor dem Tor, als ich zur Firma fuhr. Er war nicht allein. In seiner Begleitung befanden sich weitere Farbige. Ich hielt noch vor dem Tor, gab dem Pförtner ein Zeichen, dass alles in Ordnung sei, und stieg aus dem Wagen. Einer der Farbigen kam auf mich zu und sprach mich an. Sein Englisch war einwandfrei.

»Guten Morgen. Mein Name ist Suale. Ich bin der Sprecher dieser Gruppe Kenianer. Wir sind alle zusammen von Kenia nach Marokko gekommen. Alle meine Freunde hier arbeiten im Hafen. Wir hatten Glück. Man suchte damals starke und arbeitswillige Kräfte. Unsere Lohnforderungen erreichten nicht den staatlich vorgegebenen Mindestlohn, und deshalb hat man uns als Arbeiter angestellt. Wir alle sind glücklich, und eines Tages wird uns der Weg nach Europa geöffnet, da bin ich mir sehr sicher.«

»Guten Morgen«, antwortete ich irgendwie erleichtert. Ich hatte Schlimmeres
befürchtet. »Sagen Sie mir, was Sie wollen und was der Angestellte der Firma
von mir möchte.«

»Wir, wir Männer, brauchen Ihre Hilfe.
Aber bitte denken Sie nicht, dass wir um
Geld oder Arbeit betteln wollen. Wir ha-
ben alles, und wir sind glücklich, glauben
Sie es mir.«

»Dann sagen Sie mir, wie ich Ihnen helfen kann.«

»Sie haben großen Einfluss in der Firma,
sie sind ein Häuptling, sagt Mwangi. Das
ist der Mann, der bei Ihnen arbeitet und
der Sie am vergangenen Freitag angesprochen hat. Wir alle haben Arbeit gefunden und wir alle können unsere Familien ernähren. Wir alle haben ein Dach
über dem Kopf. Wir sind glücklich.«

Allmählich fing ich an, mich über diesen
Ausspruch zu ärgern. Wenn sie glücklich
sind, warum benötigen diese Männer
denn noch meine Hilfe? Marcel kam auch
immer sehr früh zur Arbeit, er war ein
Frühaufsteher. Mit seinem roten Alfa
Romeo fuhr er langsam an uns vorbei. Er

hatte meinen Wagen schon aus der Ferne erblickt und die kleine Ansammlung von Männern um mich herum nicht aus den Augen gelassen. Er hielt kurz hinter der Gruppe an und stieg aus. Kaum hatten die Kenianer ihn erblickt, wichen sie zwei bis drei Schritte zurück. Darüber wunderte ich mich zunächst, bis mir einfiel, dass diese Männer aus Kenia, wo diese tödliche Viruserkrankung grassiert, wohl an Aids erkrankte Menschen sofort erkennen und vor Angst, sich anstecken zu können, sich von diesen fern halten. Marcel sah sehr schlecht aus, aber sein Wille, so ›normal‹ wie nur möglich weiterzumachen, war so stark, dass er seine Arbeit über alles stellte und sich somit auch ablenkte, oder zumindest es versuchte. Marcel gab mir seine Hand zur Begrüßung. Wir hatten im Team vereinbart, uns nur verbal und mit einem freundlichen Blick zu begrüßen. Dass er mir die Hand gab, und ich sie nahm, hatte nur den Sinn, die Männer zu beruhigen.

»Gut, es ist alles in Ordnung. Okay! Aber wozu benötigen Sie denn meine Hilfe?«

»Wir haben uns hier schon ein bisschen eingelebt und unsere Hoffnung, in Europa arbeiten zu können, ist ungebrochen. Wir richten uns nach den hier herrschenden Gesetzen, wir richten uns nach den hiesigen Geflogenheiten, wir leben so unauffällig nach unseren Gebräuchen wie nur möglich. Wir sind glücklich!«

Nun platzte mir die Hutschnur. Ich konnte dieses »Wir sind glücklich!« nicht mehr hören. Ich wechselte den Ton und meine geduldige Haltung.

»Was ist Ihr Problem, meine Herren? Wo liegt das Problem, bei dem ich helfen soll?«

»Unsere Frauen sind eigentlich wie wir. Sie sind glücklich! Wir alle leben in einer Ansiedlung unfern von hier. Unsere Frauen leben tagsüber in einer Seelengemeinschaft. Sie unterhalten sich zusammen, erzählen sich Geschichten aus der Heimat, kochen zusammen und bereiten das Zelebrieren aller unserer Feste vor. Aber hier in Nordafrika ist das Leben ganz anders. Hier wird ganz anders gelebt, gegessen, sich angezogen. Ganz anders als bei uns in Kenia. Unsere Frauen aber kleiden sich wie in Kenia, kochen wie in Kenia und verhalten sich so, wie sie sich in Kenia verhalten haben. Sie sind sehr traditionsbewusst.«

»Das ist doch gut so, wenn denn alle dabei glücklich sind!«, stellte ich fest, nicht ohne die letzten Worte mit einem ironischen Unterton auszusprechen.

»Ja! Aber hier liegt das Problem«, antwortete mir Suale.

»Wir Männer sind jetzt unglücklich, weil unsere Frauen vorhaben, das erste Mal, seitdem wir hier sind, eine Beschneidung vorzunehmen.«

»Eine Beschneidung?«

»Ja! Eine Beschneidung.«

»Was für eine Beschneidung?«

»Die Tochter von Mwangi. Sie wird so langsam eine Frau.«

Zu Zirkumzisionsfeiern wurde ich in Tanger schon mehrmals eingeladen. Die Beschneidung von männlichen Kleinstkindern bei strenggläubigen Muslimen war mir bekannt. Aber von jungen Mädchen? Dunkel kam mir eine Reportage über die Infibulation im Sudan wieder in Erinnerung. Ein äußerst grausames Ritual, bei dem junge Mädchen ohne Narkose mit einfachsten Schneideutensilien genital verstümmelt werden.

»Wann soll das passieren?«, fragte ich sichtlich nervös.

»Beim nächsten Vollmond. Das ist in wenigen Tagen.«

Marcel hielt sich bis jetzt zurück. Er kam zwei Schritte vor und sagte in gebrochenem Englisch, Mwangi solle morgen ins Büro kommen. Die Gruppe löste sich schnell auf, die Männer wagten es nicht, das Gespräch fortzuführen.

»Herr Hansen, ich kenne persönlich eine Frauenärztin, die aus dem Sudan kommt. Sie kann uns bestimmt heute Abend informieren. Ich mache einen Termin aus. Darf ich dabei sein?«

»Natürlich! Ich glaube, wir sollten hier helfen. Warten wir ab, was wir zu hören bekommen.«

Marcel arbeitete langsamer. Seine Kräfte ließen nach. Das, was uns an Informationen von ihm fehlte, beschafften wir aus der Buchhaltung. Er merkte nichts von dieser Informationsquelle, da seine Arbeitszeit um ein paar Stunden reduziert wurde und er täglich bereits um fünfzehn Uhr Schluss machte und nach Hause fuhr. Marcel rief mich nach der Kaffeepause an und teilte mir den Besprechungstermin mit Frau Dr. Taha um zwanzig Uhr in ihrer Praxis mit.

Frau Dr. Taha war eine ältere, altersmäßig aber schwer einschätzbare korpulente Frau. Nach der Begrüßung stellte eine Arzthelferin Tee und Gebäck auf den Tisch. Sodann erzählte ich über das heutige Gespräch mit den Kenianern. »Meine Herren, sollte hier in Tanger eine Infibulation durchgeführt werden, so nicht ohne meine Hilfe, die allein darin besteht, mit der Polizei diese Verstümmelung zu verhindern und die Frauen zu bekehren. Aber eigentlich sind es die Männer, die ihre Frauen zu dieser bestialischen Abscheulichkeit zwingen. Ich selbst habe aktiv bei Programmen der Aufklärung der UNO mitgewirkt. Aber vielleicht erkläre ich zunächst erst einmal, was Infibulation ist.

Die Benachteiligung des weiblichen Geschlechts in weiten Teilen mehrerer Kontinente ist kein Geheimnis. Rasse, Hautfarbe und ethnische Herkunft können zu Diskriminierungsformen wie zum Beispiel gesellschaftlicher Missachtung, organisiertem Frauenhandel oder sogar (Massen-)Vergewaltigungen führen. Das Geschlecht selbst entscheidet auch noch über für uns unvorstellbare Erscheinungsformen der Diskriminierung, wie beispielsweise bei der Infibulation, die nichts anderes ist als grausamste Verstümmelungen an den empfindlichsten Stellen des Körpers eines Mädchens. Diese Verstümmelungen umfassen die Entfernung – mittels eines schneidenden Gegenstandes wie zum Beispiel Glasscherben – der Klitoris und der Labia minora, einen Einschnitt in die Labia majora und die Vernähung der Vagina mit einem Hautstück.

So hat neben der 3. Weltfrauenkonferenz in Nairobi im Jahr 1985 auch die Internationale Konferenz der Vereinten Nationen über Bevölkerung und Entwicklung 1994 in Kairo die Regierungen mit Nach-

106

druck aufgefordert, nicht nur die genitale Verstümmelung von Mädchen zu verbieten, sondern auch die Anstrengungen von nichtstaatlichen Organisationen und kommunalen und religiösen Einrichtungen mit Nachhaltigkeit zu unterstützen, solche Praktiken abzuschaffen. Im Rahmen dieser Konferenz wurde auch festgehalten, dass in Teilen des asiatischen Raumes die Bevorzugung männlicher Nachfahren noch derart verbreitet ist, dass sie die Tötung von Mädchen kurz nach der Geburt oder die Tötung von weiblichen Föten im Mutterleib nach sich zieht.

Der politische Nachdruck, mit dem die betroffenen Regierungen und beauftragten Organisationen beschlossene Programme umsetzen sollten, hat sehr schnell an Intensität verloren. Denn schon im darauffolgenden Jahr hat die 4. Weltfrauenkonferenz der Vereinten Nationen in Peking erneut beschließen müssen, dass die Regierungen entsprechende Gesetze und Durchsetzungsvorschriften zu erlassen haben. Zwar haben viele

Länder in Afrika neue Aktionsprogramme auferlegt, aber leider ohne nachhaltige Erfolge, denn nach wie vor gibt es diese Grausamkeiten.«, beendete sie ihren Vortrag.

»Und warum zwingen Männer ihre Frauen, bei den jungen Mädchen die Verstümmelung durchzuführen?«, fragte ich betroffen.

»Weil sie unverbesserliche Idioten und Ignoranten sind! Sie denken hauptsächlich, dass eine Frau kein sexuelles Verlangen und keinen Spaß beim Sex haben darf, da sie nur Dienerin ihres Mannes ist. Sexuelles Verlangen stünde nur Männern zu.«

»Was sollen wir jetzt als Erstes tun?«, fragte ich bestürzt.

»Ganz einfach. Sie organisieren zu Beginn des kommenden Wochenendes auf dem Gelände Ihrer Firma eine Zusammenkunft aller betroffenen Familien, Frauen wie Männer, Kinder wie Neugeborene. Sie sollen sich auf eine Übernachtung vor Ort vorbereiten. Ich gehe davon aus, dass Sie nur zwei oder drei große Zelte zur Verfügung stellen müssen, Herr Hansen. Alles Übrige werde ich dann übernehmen. Ich möchte Sie aber bitten, dabei zu sein und vielleicht doch noch eigene Männer zur Sicherheit bereitzuhalten. Man weiß ja nie!«

Marcel nickte mir zustimmend zu. Wir verabschiedeten uns, nachdem wir noch wenige Details abgeklärt hatten. Marcel stieg in meinen Wagen und wir fuhren in ein Café. Er holte ein Blatt Papier und einen Bleistift aus seiner Jackentasche und referierte über Erforderlichkeiten, um die Zusammenkunft durchführen zu können. Ob die Anmietung mehrerer Zelte, die Bereitstellung von Getränken und Lebensmitteln, eine fahrbare Küche, Geschirr und zwei Toilettenwagen, alles wurde notiert und die voraussichtlichen Kosten wurden gleich mit aufgeführt. Das Geld wollte er sich aus dem Sozialfonds der Firma holen. Er wusste, dass der Vorstand bislang ähnlichen Aktionen immer zugestimmt hatte. Und sollte die Sache irgendwie an die Presse kommen, wäre das eine zusätzliche, außerordentliche Werbung für die Firma. Dafür wollte er schon sorgen.

Marcel lebte auf, zumindest die nächsten Tage. Er war ganz in seinem Element. Er war draußen und hatte es mit Menschen zu tun, im Gegensatz zu seinen Tätigkeiten im Büro. Er hatte wieder ein bisschen Leben ins Gesicht bekommen, einen leichten rötlichen Schimmer über seine Backen. Angesichts der Dramatik seines Krankheitsverlaufs hatte ich mir die Billigung des Vorstandes eingeholt, ihn von seinen bisherigen Projektaufgaben zu entbinden und diese einem neuen, von Pedro Padron zugeordneten Buchhalter zu übertragen. Marcel war damit einverstanden. Als ich ihm diese Lösung anbot, reagierte er so gut wie gar nicht darauf. Er war nur noch mit diesem neuen Hilfsprojekt beschäftigt.

28. August

Es waren acht Ehepaare, zehn junge Burschen und vier junge Mädels, die am Sonnabend früh morgens vor dem Tor standen. Frau Dr. Taha, Marcel und ich begrüßten die Gruppe, die geschlossen zu uns kam. Im Hintergrund standen zehn rüstige Arbeiter, die wir als Sicherheitsleute verpflichtet hatten. Sie mussten nicht lange überredet werden, denn sie wurden fürs praktische Nichtstun gut bezahlt. Zwei der männlichen Kenianer, die über englische Sprachkenntnisse verfügten, spielten die Übersetzer. Die Frauen saßen im Bereich der einen Zelthälfte, die Männer ihnen gegenüber. In einem anderen Zelt spielten die Jungen mit den kleinen Mädchen. Süßigkeiten und Orangensaft, Malblöcke, Buntstifte und einiges mehr sorgten für ein harmonisches Zusammensein.

Dr. Taha sprach zunächst die Frauen an und versuchte aufzuklären, was die Rolle der Frau in der Ehe und in der Familie betrifft. Alles wurde übersetzt. Da die Männer nicht angesprochen wurden, unterhielten sie sich leise miteinander und bestaunten offenbar das Zelt und die weiteren im Zelt vorhandenen Einrichtungsgegenstände. Dann drehte sich Dr. Taha plötzlich zu den Männern und fragte aggressiv, was denn von dem, was sie gesagt hätte, nicht von ihnen geteilt werden könnte. Da die Männer nicht aufmerksam zugehört hatten, zuckten sie lediglich mit den Schultern, was Dr. Taha sofort als Beipflichtung dessen, was mit den Frauen besprochen wurde, festhielt. Solche taktische Spielchen führte sie noch zwei Stunden lang durch, ohne auch nur das Hauptthema angesprochen zu haben. Sie brachte die Männer und die Frauen immer näher zu Gemeinsamkeiten, die vorher von diesen nicht so konkret erkannt worden waren. Dann ließ sie die Kenianerinnen und Kenianer eine Stunde unter sich. Erst diskutierten die Ehepaare miteinander, dann alle miteinander, aber wild durcheinander. Nach einer Stunde führte sie ihre Spielchen weiter fort. Das Thema war, was denn

112

ein Aufenthalt in Europa für Veränderungen nach sich ziehen würde. Zusammen mit den Frauen und den Männern, die sie in vier Gruppen aufteilte, arbeitete sie eine Aufstellung der in Europa zu erwartenden neuen Lebensumstände aus. Die heiße, von ihr aber gut geführte und kanalisierte Diskussion über die Akzeptanz solcher Neuerungen dauerte gut fünf Stunden.

Dr. Taha beendete die Zusammenkunft für diesen Tag abrupt. Sie wusste, dass die Ehepaare noch den ganzen Abend diskutieren würden. Alle Sicherheitsleute wurden von Marcel zur Wachsamkeit während der Nacht ermahnt.

29. August

Die Stimmung war eine ganz andere. Im Zelt saßen die Frauen und die Männer gemischt, die Kinder spielten in der Mitte des Zeltes, als Dr. Taha, Marcel und ich hineinkamen. Die Begrüßung war freundlich, aber reserviert. Keiner wusste, wie es weitergehen würde. Dr. Taha bat die Kinder, wieder ins andere Zelt zu gehen. Dann ließ sie ein kleines Schwimmbecken hineinbringen und mit lauwarmem Wasser füllen. Sie bat zwei Mütter von Kleinstkindern, jeweils ein Mädchen und einen Jungen zu holen. Als die beiden Kinder das bunte Planschbecken sahen, gab es für sie keinen Halt mehr. Dr. Taha bat die Mütter, die Kinder ganz auszuziehen, was diese gar nicht bemerkten. Sie waren mit den Plastikenten im Becken voll beschäftigt. Dann wandte sie sich ihrem Auditorium zu und stellte viele Fragen, die sie selbst gleich beantwortete. Es ging um den gleichen Geburtsvorgang, ob Mädchen oder Junge. Es ging um die höhere Macht, die Götter im

Himmel, die allein entscheiden, wie ein Mädchen und wie ein Junge auf die Welt kommt. Es ging um das »Menschsein des Mannes« und das »Menschsein der Frau«, das kein anderer Mensch verändern dürfe. Mehr und mehr näherte sie sich dem Hauptthema, ohne dass ihre Zuhörer ihre Strategie durchschauten. Als sie fertig war, wusste jeder ihrer Zuhörer, dass die Beibehaltung lediglich eines uralten überlieferten Rituals, das das von »Oben« geschaffene Leben verändere, eine Gotteslästerung darstellt. Sie hatte in atypischer Weise ihre Aufklärungsarbeit erfolgreich beendet.

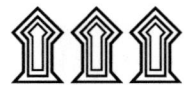

15. September

Marcel kam nur noch vormittags drei bis vier Stunden zur Arbeit. Sein Wissen war jetzt Gold wert, denn er korrigierte so manche finanzielle Angaben, die für unsere weiteren Umsetzungsentscheidungen sehr wichtig waren. Yasmina brachte volles Verständnis auf, dass ich Marcel fast täglich in den Feierabendstunden aufsuchte und bei ihm ein Weilchen blieb. Unsere Beziehung litt darunter, denn die Fröhlichkeit und Unbekümmertheit von einst war einfach nicht mehr da. Mit Roland hatte ich keinen Kontakt mehr, es fehlte die Zeit. Ich wusste, dass es an mir lag, denn er hatte zwischenzeitlich angerufen und erwartete, dass ich mich meldete. Mir gefiel die ganze Entwicklung nicht. Ich saß an meinem Schreibtisch, als Kommissar Senhadji eiligen Schrittes auf mich zukam, seine Fäuste auf den Tisch stemmte und mir mit drohender Stimme zu verstehen gab, ihm die ganze Wahrheit zu der Zementaffäre zu sagen.

»Welche Zementaffäre, Herr Kommissar? Nehmen Sie doch bitte Platz.«

»Ich sehe schon, Sie wollen mich für dumm verkaufen. Dann eben anders. Ich erwarte Sie heute Nachmittag zur Vernehmung in meinem Büro. Sagen wir so um sechzehn Uhr. Guten Tag, Herr Hansen!«

Pedro Padron saß in seinem Büro, die übrigen Vorstandsmitglieder glänzten wie gewöhnlich mit Abwesenheit. Sie hatten noch weitere Firmen und hielten sich dort auf.

»Pedro, die Polizei will mich vernehmen, zu irgendeiner Zementaffäre. Ich weiß nicht, was die wollen. Ich werde das Pferd schon schaukeln, nur wäre es besser, würde mich der Firmenanwalt begleiten. Für alle Fälle.«

Pedro Padron sah das Ganze wie ich und bestellte den Anwalt für fünfzehn Uhr in die Firma zur Vorbesprechung. Er sah mich an und fragte mich, ob wir nicht doch Mist gebaut hätten, mit dieser Zementaktion? Dem Anwalt erläuterte ich detailliert das Projekt. Ich legte ihm den Steckbrief vor. Zeitlich konnte ich vor der Abfassung des Steckbriefes nichts von der Sabotage im Zementwerk gehört haben, um dann sogenannte Hamsterkäufe zu tätigen. Er sah das ein; der zeitliche Ablauf sollte unsere Verteidigungsstrategie sein. Im Stillen war ich froh, dass der Bruder eines meiner Kommilitonen mir damals zeigte, wie man in einem Schreibprogramm die Historie der Textänderungen löschen kann.

Der Kommissar war überrascht, mich in Begleitung des Rechtsanwaltes zu sehen. Ich glaubte in seinen Augen zu lesen, dass er den Fall »wegschwimmen« sah. Aus den Anschuldigungen entnahm ich, dass die Staatsanwaltschaft nach undichten Stellen suchte, die besser den Staat vor der Sabotage hätten warnen sollen. Die Belege, die wir vorlegten, ließen aber keinen Zweifel an unserer Glaubwürdigkeit zu. Es war noch keine Stunde vergangen, als der Anwalt unseren Aufbruch signalisierte. Der Kommissar bat uns, noch ein wenig Geduld zu haben. Er ließ uns einen Pfefferminztee servieren. Dann klingelte sein Telefon. Er hörte aufmerksam zu und legte auf.

»Sie können gehen. Danke schön, dass Sie gekommen sind.«

Pedro Padron informierte ich vom Autotelefon aus, dass alles gut gegangen sei. Er sagte mir, dass während unseres Verhörs ein Techniker der Polizei, ein Computerfachmann, hier vor Ort gewesen sei und meinen PC auseinandergenommen habe. Er habe aber keine Beweise oder Auffälligkeiten finden können!

Ich fuhr noch kurz zu Marcel und dann nach Hause. Yasmina öffnete mir die Tür. Sie sagte kein Wort, während sie mich zum Tisch führte. Eine brennende rote Kerze, ein hübsch gedeckter Tisch und eine Flasche Champagner zu gebratenen Königsgarnelen an einem Avocadosalat; sie wusste, wie mir zumute war und wie sie diesen Tag mit mir beenden wollte. Sie erzählte mir, dass der gesamte Vorstand heute Nachmittag durch alle Produktionsstätten und Lagerhallen gegangen sei und mit den bereits jetzt sichtbaren Veränderungen zufrieden sei.

Isaac Levy soll sich dahingehend geäußert haben, so hatte es ihr Pedro Padron dann erleichtert berichtet, dass die »Investition Hansen« sich jetzt schon rentiert habe. Yasmina und ich plauderten noch eine Weile, die Flasche war leer. Langsam ergriff mich die Müdigkeit. Ich hörte nur noch im Halbbewusstsein, dass Yasmina etwas über eine Hochzeit erzählte.

25. September

Yasmina hatte den Wecker ausgestellt. Um neun Uhr wachte ich auf. Sie hatte das Frühstück schon vorbereitet und stand noch in der Küche, als ich mich bemerkbar machte.

»Yasmina, was ist los? Wir müssten doch schon in der Firma sein. Warum hast du mich nicht geweckt?«

»Nico, ich habe Order vom Vorstand bekommen, dich heute ausschlafen zu lassen und dich fern von der Firma zu halten. Du bist in den letzten Tagen nur vom Büro in die Produktionsstätten gehetzt, hast dein Team am Laufen gehalten und angestrengt gearbeitet. Der Vorstand meint, dass du dieses Tempo nicht durchhalten kannst, bis zum Ende des Projektes. Die denken nur an sich, glaube es mir. Und wenn die dir einen Tag Ruhe verordnen, dann solltest du den auch annehmen. Verschenken tun die nichts, Nico!«

Ich sackte in mich zusammen. Alle Energie schien aus meinen Poren zu entweichen. Ich putzte mein Zähne, wusch mein Gesicht und ließ mich wie ein nasser Sack am Frühstückstisch nieder. Ein Glas Orangensaft, ein Müsli mit frischen Bananen, ein Toast mit Schinken und Käse, und das Blut floss wieder in meinen Adern. Ich schlief noch zwei Stunden, Yasmina an meiner Seite. Es war ein wunderschöner Tag, der blaue wolkenlose Himmel und die leichte Brise ließen alle meine Geister wieder auf Hochtouren kommen. Ich überhörte Yasminas Bemerkung, dass in den letzten drei Monaten alle Tage so waren wie der heutige, ich nur nichts davon bemerkt hätte. Yasmina stieg auf der Fahrerseite in meinen Wagen und lud mich ein, doch an ihrer Seite Platz zu nehmen. Sie fuhr zum Hafen. Beim Yachtclub stieg sie aus, kam um den Wagen und öffnete mir die Tür. Ohne ein Wort zu sagen komplimentierte sie mich bis zur weißen Motoryacht ihres Vaters. Zwei Kojen mit jeweils einem engen Doppelbett, Kombüse und Salon wurden durch zwei starke Außenbordmotoren angetrieben. Dieses kleine Paradies brachte uns zu einer einsamen Bucht, die uns den Rest des Tages festhielt. Yasmina neckte mich, ich drohte, sie ins Wasser zu werfen. Sie neckte mich weiter und ich erhob mich, um sie zu packen. Natürlich wollte sie das nur, und spielte mit. Wir spielten wie kleine Kinder, jauchzten und kicherten über unsere Verrenkungen im Sand. Und dann spielte sich alles so ab, wie oftmals in Filmen gezeigt.

Ich machte eine Flasche Rotwein auf, legte den in Würfel bereits zugeschnittenen Käse auf eine Glasplatte und schnitt das Baguette in Scheiben. Wir sahen uns in die Augen, und ich stellte fest, dass ich Yasmina liebte. Aber ich wusste sehr wenig von ihr. Bislang hatten wir unsere Familiengeschichten ausgespart, wer weiß aus welchem Grunde. Also wusste auch sie sehr wenig von mir. Wir hatten noch viel Zeit, und so forderte ich sie auf, mir ihre Geschichte zu erzählen. Sie wollte noch schnell die Sachen wegräumen und rief mir zu, doch schon mal mit meiner Geschichte zu beginnen. Ich erzählte über meine Jugend, beschrieb meine Eltern, erläuterte meine Studienzeit und schwärmte über einige Highlights in meinem bisherigen Leben. Ich hatte meinen Quasimonolog beendet und küsste sie auf die Wange.

»Nico, eigentlich müsste ich dich heiraten. Du gefällst mir und ich kann mir vorstellen, mit dir und unseren fünf Kindern glücklich zu sein. Was sagst du dazu?«

»Fünf Kinder! Das ist zu viel. Wo bleibe ich dann, in deinem Herzen?«, scherzte ich.

»Du wirst dann dein Herz aufteilen; eine Hälfte für mich, und die andere für unsere Kinder. Das ist doch gerecht. Und ich teile mein Herz ebenso, so dass du nie zu kurz kommen wirst. Wie denn auch? Ich bin doch deine Frau auch noch nach der Geburt von fünf Kindern. Aber wir sollten erst mal mit dem ersten anfangen!«

Die Sache ging mir auf einmal zu schnell. Sie, nein wir sprachen von Kinderkriegen und waren erst bei dem ersten Sondierungsgespräch über eine mögliche Zweisamkeit. Vielleicht war ich auch in diesem Moment überfordert, denn die Vorstellung, Vater mit eigenen fünf Kindern um die Beine, schreckte mich ab. Ich wollte das Thema beenden. Yasmina spürte meine Nachdenklichkeit und mein Unbehagen. Sie schnellte empor, stellte ein Bein auf meine Brust und erklärte sich als Siegerin. Meine Frage, als was für eine Siegerin sie sich denn fühlte, beantwortete sie nicht; sie legte sich auf mich und küsste mich.

Der Abend hatte sich schon angekündigt, als wir in den Hafen einfuhren. Yasmina wollte mich zu Marcel begleiten. Wir wussten, dass Marcel leidenschaftlich gerne Champagner trank. Wir kauften noch schnell ein Flasche Taittinger im Weinfachgeschäft an der Hauptstraße. Hier konnte man immer äußerst gekühlten Champagner kaufen. Marcel machte uns die Tür auf. Er sah irgendwie besser aus. Die Blässe in seinem Gesicht war gewichen. Yasmina öffnete vorsichtig die Flasche und wir prosteten uns zu. Durch meine regelmäßigen Besuche hatte sich zwischen Marcel und mir eine gewisse Intimität entwickelt. Wir vertrauten uns ganz und gar. Yasmina wusste das.

»Sagt mal ihr beiden, ihr seid ja richtige Freunde geworden. Euch verbindet ja wohl so einiges, und Geheimnisse habt ihr sicherlich auch, wie zum Beispiel die Sache mit dem Zement.«

Ich zuckte zusammen und Marcel wurde blass. Diese Reaktionen hätten für jeden Kommissar ausgereicht, uns als Mitwisser zu überführen.

»Yasmina, was meinst du mit der ›Sache mit dem Zement‹? Meinst du vielleicht den Kommissar, der die Firma besucht hat und uns um Informationen bat, sollten wir welche haben?«

»Nico, nun rege dich bitte nicht auf. Als Sekretärin des Vorstandes bekomme ich doch so einiges mit, und als du ins Kommissariat beordert wurdest, da habe ich Angst bekommen, Angst um dich. Das ist alles. Ich weiß, wie man —egal was — aus Menschen heraus bekommt.«

Marcel war erleichtert, da sich alles aufklärte. Er hatte kein Wort gesagt und keine weiteren Reaktionen gezeigt. Nur dass Yasmina ihn während dieser kurzen Auseinandersetzung intensiv beobachtete, das hatte ihn gestört.

Er klatschte in die Hände und schlug vor, beim Italiener noch Antipasti zu uns zu nehmen. Das war für uns alle eine gute Idee, denn der Abend klang dann nach fröhlichen zwei Stunden aus. Marcel war in der Lage, alleine nach Hause zu gehen. Yasmina und ich fielen todmüde ins Bett.

10. Oktober

Punkt elf Uhr war der große Konferenzraum voll. Alle Vorstandmitglieder, die Leiter der Abteilungen Verwaltung, Finanzen, Produktion und Auftragswesen mit ihren Sekretärinnen und mein Team saßen um den ovalen Tisch. Marcel hatte ich per Videokonferenz zuschalten lassen. Ich wollte sichergehen, dass sein Wissen und seine Kompetenz jederzeit berücksichtigt werden konnten. Marcel wurde als Erster der Teilnehmer von Pedro Padron begrüßt. Er wünschte ihm gute und schnelle Genesung, da er nicht dem Team, sondern auch der Firma fehle. Ich sah, wie gut diese Worte ihm taten. Pedro Padron verlor dann keine Zeit mit Vorgeplänkel. Er las unseren Zwischenbericht Zeile für Zeile vor und machte nur dann Halt, wenn Zwischenfragen gestellt wurden. Nicht umsonst war Ahmed Diplom-Ingenieur. Er untermauerte die Ausführungen des Vorstandssprechers mit großen, gut lesbaren und von selbst verständlichen Präsentationsbildern an der Wand. Jedes Teammitglied ergänzte, wann immer es für die Frage zuständig war.

Nach drei Stunden läutete Pedro Padron die erste Pause ein. Das war auch nötig, denn die Nervosität und der Kaffee zeigten ihre Wirkung. Auf der Herrentoilette ging die Diskussion – wie üblich in vergleichbaren Fällen – weiter. Vieles konnte in der Pause klargestellt oder erklärt werden. Auch deshalb sind Pausen oft Gold wert. Marcel musste nicht intervenieren. Am Ende der Besprechung wurde das Team mit Lob entlassen, nicht ohne den Hinweis zu erhalten, die letzten Schritte mit gleicher oder sogar noch mehr Kraft zu bewerkstelligen. Alle seit Arbeitsaufnahme des Projektteams erzielten Ergebnisse lagen über den Erwartungen. Zuletzt wies Isaac Levy darauf hin, dass ohne den Zufall, Zement für die eigene Produktion und die eigene Bautätigkeit für drei Monate eingekauft zu haben, das Gesamtergebnis für die Firma sehr düster ausgesehen hätte. So konnte die

Firma mit ihren über eintausend Mitarbeitern gerettet werden.

Isaac Levy beendete seinen Kurzvortrag mit einem Lob für das ganze Team, auch wenn er dessen Gedanken, einen Sicherheitsdienst mit einem Leiter und mindestens zehn Mitarbeitern einzurichten, kategorisch ablehnte. Er wusste, dass das, was er ablehnte, auch nicht umgesetzt wurde. Yasmina führte das Sitzungsprotokoll. Sie schrieb alles mit, auch diese letzten Aussagen.

Das Team hatte nur noch zweieinhalb Monate Zeit, um das Projekt zu beenden. Bis dahin waren noch viele Fragen zu klären und Ergebnisse zu erzielen. Und die Umsetzung musste dann wiederum analysiert und gegebenenfalls korrigiert werden. Wir arbeiteten auf Hochtouren.

Um zwanzig Uhr verließ ich die Firma. Am Tor stand Mwangi. Er gab mir Zeichen, zu halten. Ich drehte das Seitenfenster herunter und begrüßte ihn. Er hatte Tränen in den Augen, als er meine Hand nahm. Mit schluchzenden Worten sagte er mir, dass alle Frauen keine Verstümmelung mehr vornehmen würden, weil die Männer sie nicht mehr dazu zwingen. Sie – die Männer – hätten verstanden. Und das alles dank meiner Hilfe. Ich stieg aus dem Wagen und umarmte ihn. Er umarmte mich und schien, nicht mehr loslassen zu wollen. Als Pedro Padron langsam vorbeifuhr, stand Mwangi wie ein salutierender Soldat am Straßenrand. Auch Pedro Padron stieg aus und fragte mich, was denn los wäre. Ich erzählte in kurzen Worten, dass die Sonderaktion an einem der vergangenen Wochenenden, von der ich ihm erzählt hatte, zum Erfolg geführt hätte.

»Nico, wenn Sie so weitermachen, wird man Ihnen noch ein Denkmal setzen!«, bemerkte er und brauste mit seinem Porsche davon.

Marcel öffnete mir nicht die Tür. Da ich aber von der Straße Licht aus seiner Wohnung sah, wusste ich, dass er zu Hause sein musste. Er hatte mir vor ein paar Tagen einen Zweitschlüssel zu seiner Wohnung gegeben und so öffnete ich die Tür. Alles war so wie immer: akkurat aufgeräumt und sauber. Die Tür zu seinem Schlafzimmer war nur halb geöffnet. Durch den Spalt erkannte ich Marcel im Bett. Er hatte einen Tropf am Arm und schlief. Ich setzte mich auf einen Stuhl und nahm die Tageszeitung in die Hand. Ich wollte ihn nicht aufwecken, aber wenn er durch das Rascheln der Zeitung aufwachen würde, wäre es auch nicht schlecht.

»Nico«, sagte er leise, »schön, dass du gekommen bist.« Marcel duzte mich. Ich war erstaunt darüber, ließ mir aber nichts anmerken. »Ich habe Schmerzen. Bitte gebe mir ein Glas Wasser und eine Tablette aus der roten Schachtel.«

Ich hatte Marcel noch nie so gesehen. Er musste wohl einen Schub bekommen haben. Die Schmerzen und die Schmerzmittel hatten ihn aus der Bahn geworfen. Ich gab ihm die Tablette und setzte mich auf den Stuhl. Kaum hatte er die Tablette heruntergeschluckt, schlief er wieder ein. Ich machte das Licht aus und verließ die

Wohnung. Ich hatte mir vorgenommen, zusammen mit Marcel und seinem Arzt die Betreuung unverzüglich zu organisieren.

20. Oktober

Nadia hatte als unsere Teamsekretärin gute Arbeit geleistet. Ich hatte mich mit ihr in Pedro Padrons Büro verabredet, der für einige Tage nach Madrid geflogen war. Wir hatten nur ein Thema, die Gestaltung und Ausformulierung unseres Endberichtes. Nadia wollte langsam damit anfangen. Ich hatte sie immer wieder gelobt, denn es war für sie oftmals nicht einfach, unseren Männerlaunen zu begegnen. Irgendwann hatte ich völlig absichtslos eine Hand auf ihre Schultern gelegt, als sie ein Diktat direkt in den PC eingab und ich einen Satz mehrfach umformulierte. Das war ein Fehler, denn sie interpretierte das als ein Zeichen beginnender Zuneigung. Nur meine zwischenzeitlich bekannt gewordene Beziehung zu Yasmina konnte sie dann vom Gegenteil überzeugen.

»Herr Hansen, bevor wir beginnen, möchte ich Ihnen etwas sagen, was mir auf der Zunge brennt. Ich weiß, dass Sie mit Frau Yasmina Senhadji, der Tochter des Kommissars, liiert sind. Aber ich möchte, dass Sie wissen, dass ich auf meine Chance warten werde.«

Ein stechender Schmerz zuckte durch meinen Kopf, tausend Gedanken kreuzten hin und her. Ich verlor die Übersicht und musste mich setzen. Nadia erkannte, wie es mir ging, und holte mir ein Glas Wasser, das ich wie ein Verdurstender herunterschluckte. Ich ließ mich in einen Stuhl fallen und bat sie, ihre Worte zu wiederholen. Ich hörte den Namen erneut und eine Welt brach in mir zusammen.

»Nadia, bringen Sie mich über den Seitenausgang hier heraus und fahren Sie mich mit Ihrem Wagen nach Hause. Schnell, bitte!«

Ich bat Nadia, mich zu begleiten. Sie hatte erkannt, dass es mir dreckig ging und nichts zwischen uns passieren würde. Sie hatte aber noch nicht verstanden, was mich umgehauen hatte. In der Wohnung bat ich Nadia, uns einen starken Kaffee zu machen.

»Nadia, ist Yasmina wirklich die Tochter von Kommissar Senhadji?«

»Ja!«

»Und wer weiß das?«

»Außer mir keiner. Der Kommissar wohnte mit seiner ganzen Familie und heute nur noch mit seiner Frau in meiner Nähe. Die Familie Senhadji unterhält aber keinen Kontakt zu den Nachbarn, weil er ein hoher Polizeibeamter ist. Das ist so bei uns.«

»Und als der Kommissar in der Firma war, da hatte er Yasmina gar nicht beachtet. Das konnte ich beobachten, ich war gerade im Büro von Isaac Levy. Beide wollten nichts verraten.«

»Das ist doch klar. Seine Tochter ist eine hinterhältige Zuträgerin!«

Nadia, gehen Sie jetzt nach Hause und erzählen Sie keinem über unser Gespräch. Auch nicht, dass ich weiß, wer Yasmina ist. Versprechen Sie mir das?«

»Ja, und nicht nur das. Sie können sich auf mich verlassen. Ich mag Sie, Herr Hansen.«

Ich fuhr zu Roland und erzählte ihm die ganze Geschichte.

»Das Luder!«, sagte er gereizt. »Wie gut, dass du nicht auf ihre Finten hereingefallen bist. Alles muss so weiterlaufen wie gehabt. Du und ich, wir wussten nichts von …, na ja, du weißt schon. Wie gut, dass ich Joanne kein Sterbenswörtchen über die Sache erzählt habe. Insoweit sind wir auf der sicheren Seite. Aber jetzt fällt mir ein: Oft habe ich Joanne von Dingen erzählt, die – außer den Betroffenen – sonst keiner wusste. Nur die Polizei hatte ab und zu einen guten Riecher. Da Joanne und Yasmina gute Freundinnen sind, wird Yasmina meine doch naive Joanne so manchmal ausgehorcht haben.«

Ich kämpfte mit mir. War jetzt der günstigste Zeitpunkt, Roland die Bisexualität seiner Frau zu beichten? Hatte ich überhaupt das Recht dazu? Würde durch meine Aussage die Ehe zerbrechen? Ich entschied, noch einen Tag zu warten. Aber ich war froh, mit Roland über diese Niederträchtigkeit gesprochen zu haben. Ich war erleichtert und konnte wieder klare Gedanken fassen.

Auf der Fensterbank stand eine kleine elektrische Spielzeugampel. Ich hatte diese dort installieren lassen, damit die Pflegekraft mir vorab ein Indiz geben konnte, wie es mit Marcel stand. Die Ampel leuchtete grün. Marcel lag im Bett. Es fiel ihm schwer, sich zu artikulieren, aber sonst sah er gut aus, den Umständen entsprechend. Ich setzte mich auf den Stuhl neben dem Bett und berichtete über den Fortgang des Projektes. Marcel nahm meine Hand, schloss die Augen und schlief. Als die Nachtwache kam, befreite ich meine Hand und fuhr nach Hause. Ich war diese Nacht allein. Yasmina hatte sich zwei Tage Urlaub genommen und war zu einer Freundin nach Casablanca gefahren. Das war wohl bloßer Zufall.

23. Oktober

Yasmina nahm den ersten Flieger nach Tanger und landete um zehn Uhr. Ich holte sie vom Flughafen ab und wunderte mich nicht, dass die Polizisten ihr mit gebührendem Respekt begegneten. Immerhin war sie die Tochter eines Kollegen. Sie umarmte mich und wir fuhren in die Firma. Sie war nicht erstaunt, dass ich mich mit ihr nicht verabredete, denn sie wusste von dem engen Zeitplan des Teams. Erst am Abend, als ich sie abholte, sahen wir uns wieder. Wir fuhren zu mir nach Hause. Aïcha hatte auf meine Bitte hin den Tisch gedeckt und einen Auflauf vorbereitet. Während dieser langsam im Ofen erwärmt wurde, saßen wir auf der Terrasse bei einem Glas Rotwein und gesalzenen Nüssen. Yasmina erzählte von Casablanca und ihrer Freundin. Ich ging in die Küche, schaltete den Ofen unbemerkt aus und setzte mich Yasmina gegenüber.

»Yasmina, als wir mit dem Boot deines Vaters unterwegs waren, du erinnerst dich, hatten wir festgestellt, dass wir so gut wie nichts über uns wissen. Ich hatte dir meine ganze Lebensgeschichte erzählt. Von dir aber habe ich nichts erfahren. Wo bist du geboren, wer sind deine Eltern, wo bist du zur Schule gegangen? Ich weiß nichts über dich! Du könntest mir heute schon mal etwas über deine Eltern erzählen, um überhaupt mal anzufangen.«

»Nico, lass uns das verschieben. Ich möchte dir nicht Fragmente aus meinem Leben schildern. Ich bin müde von der Reise und würde gerne nach dem Essen ins Bett. D'accord?«

»Dann gehe ich noch mal schnell zu Marcel. Ich bin bald zurück.«

Yasmina merkte in dem Moment nicht, dass wir noch gar nicht gegessen hatten. Sie saß auf der Terrasse und schaute nachdenklich in den Himmel.

Marcel lag apathisch in seinem Bett. Auf dem Beistelltisch lag sein handgeschriebenes Testament, datiert von Februar. Er gab mir mit einem Finger Zeichen, das Testament zu lesen. Sein in Frankreich lebender Bruder war der Alleinerbe. Er sollte nicht vor seinem Tode von seiner schweren Krankheit informiert werden. Erst nach seiner Beerdigung sollte der Bruder benachrichtigt werden. Damit wollte Marcel ihn bestrafen, denn sein Bruder hatte auf all seine Briefe nie reagiert. Ich setzte mich zu Marcel. Er nahm meine Hand und kritzelte mit einem Finger wild auf meiner Handfläche. Ich verstand, dass er mir etwas schriftlich mitteilen wollte, denn reden konnte er nicht mehr. Ich gab ihm einen Bleistift und legte ein Blatt Papier zurecht. Mit Mühe konnte ich das Wort »Bleibe« erkennen.

»Marcel, ich bleibe, bis du fest eingeschlafen bist, ganz bestimmt. Und morgen werden wir beide versuchen, in der Wohnung ein bisschen auf und ab zu gehen, okay?«

Er nickte kaum wahrnehmbar. Ich vermutete, dass der Tag für ihn sehr anstrengend gewesen war und er jetzt in Ruhe einschlafen wollte. Ich nahm seine Hand und sah, wie seine Gesichtszüge sich entkrampften. Marcel fühlte sich offenbar jetzt sicher und nicht alleine. Ab und zu schluckte er kräftig und drückte meine Hand so stark, dass ich über die noch vorhandene Kraft in seinem Körper immer wieder überrascht war. Irgendwann schlief ich ein. Ich wachte auf, als Marcel mit offenen Augen und einem Lächeln meinen Namen sagte. Ich nickte ihm zu und fragte ihn, ob er einen Schluck Wasser haben wolle. Ein kaum wahrnehmbares »Ja« beruhigte mich dahingehend, dass ich wohl alles richtig machte. Er trank nur tropfenweise, aber er trank. Ich nahm ein Handtuch aus dem Badezimmer, feuchtete es an und tupfte ihm die Stirn ab. An seinem Gesichtsausdruck merkte ich, dass das ihm wohltat, und tupfte nun sehr sanft seinen Hals und seinen oberen Brustkorb ab. Zufrieden schloss er die Augen, nahm meine Hand und schlief wieder ein. Auch ich konnte der Müdigkeit nichts entgegensetzen und schlief wieder ein. Ich träumte, es war ein Alptraum. Ein keuchendes Nashorn lief in einer Steppe hinter mir her, und ich hatte keinen Baum vor mir, auf den ich hätte klettern können. Ich

142

wachte auf und vernahm Marcels starkes Atmen oder Keuchen. Ich sprach auf ihn ein und befeuchtete sein Gesicht mit Wasser. Er beruhigte sich, nahm meine Hand und flüsterte angestrengt nur noch ein Wort: »Nico«.

Marcel umklammerte mit seiner Hand meinen Unterarm, drückte so fest, dass es mir wehtat, bäumte sich ein wenig auf und ließ sich in Zeitlupe auf das Kopfkissen zurückfallen. Marcel war tot.

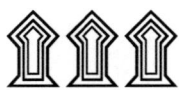

24. Oktober

Marcels Arzt kam schon um fünf Uhr morgens und dankte mir, dass ich ihn sofort gerufen hatte. Er rief die Polizei, was Pflicht in Marokko ist, und übergab einem Inspektor den Totenschein. Ich musste erklären, wie Marcel seine letzte Nacht verbracht hatte. Der Inspektor untersuchte Marcel, fand keine Anhaltspunkte für eine Gewaltanwendung und forderte Marcels Arzt auf, ihm eine Blutprobe von Marcel zu geben. Die Leiche würde er erst dann freigeben, wenn das staatliche Labor oder die Gerichtsmedizin mit der Ausstellung der Unbedenklichkeitsbescheinigung fertig sei. Ich durfte mich entfernen, wurde aber vom Inspektor nach einer Telefonnummer gefragt, unter der ich jederzeit zu erreichen wäre. Ich gab ihm die Nummer der Firmenzentrale.

Zu Hause erwarte mich Yasmina. Ich hatte keine Kraft mehr, mit ihr mehr zu reden als unbedingt erforderlich. Ich sagte nur, dass ich Marcel nicht alleine gelassen habe, bis zu seinem Tode. Yasmina sagte kein Wort, machte mir einen Kaffee und sich aus dem Staub. Sie wusste, dass es besser war, mich jetzt allein zu lassen. Die Verwaltung der Firma kümmerte sich um alle erforderlichen Schritte, ob Testamentseinreichung, Benachrichtigung des Bruders, Beauftragung des Beerdigungsunternehmens, Räumung seiner Wohnung und Lagerung seiner Habseligkeiten. Marcels Beerdigung fand am 26. Oktober statt. Sein Bruder, der gesamte Vorstand der Firma, eine Delegation der Belegschaft, das Team, Yasmina und ich standen um sein Grab, bis dieses mit Kränzen und Blumen bedeckt war. Der Vorstand gab uns den Rest des Tages frei.

Ich fuhr mit Yasmina in ein abgelegenes Café außerhalb der Stadt. Wir wollten so wenig wie möglich Leute sehen.
»Ich glaube, zwischen euch hat sich in den letzten Wochen eine wahre Freundschaft entwickelt«, sagte Yasmina sehr behutsam.

»Das ist richtig. Marcel war ein ehrlicher Kerl, zu dem ich Vertrauen hatte, so wie er zu mir. Er war ein sehr kompetenter Buchhalter. Ich werde ihn vermissen und nicht vergessen. Einen solchen Menschen kann man nicht vergessen.«

»Hattet ihr denn diesen Zementcoup beide allein geplant, oder war das allein seine Idee?«

»Yasmina, nun hör mir mal ganz genau zu. Als du mit mir das letzte Mal bei Marcel warst, da hattest du Marcel und mich in Zusammenhang mit dieser Geschichte im Zementwerk gebracht. Jetzt versuchst du das wieder. Ich bitte dich, nein, ich fordere dich auf mir zu sagen, was es mit deinen Andeutungen auf sich hat.«

»Gar nichts, Nico! Ich kann mich nicht erinnern, dich und Marcel jemals in Zusammenhang mit dieser Zementsache gebracht zu haben. Nur heute habe ich danach gefragt, ob diese Zementkäufe deine oder Marcels Idee waren. Was willst du eigentlich? Du verhältst dich nicht wie sonst, du sprichst mit mir nicht wie sonst und deine Liebenswürdigkeit scheinst du vorhin mitbegraben zu haben.«

Kaum hatte sie das ausgesprochen, wusste sie, dass sie zu weit gegangen war. Sie ergriff die Flucht nach vorne, sicherlich auch um weiteren unangenehmen Fragen zu entgehen. Sie gab mir einen flüchtigen Kuss auf die Wange und bat mich, sie zurückzubringen. Ich wollte mir den eigentlichen Eklat noch aufheben und stellte sie nicht weiter zur Rede. Als sie ausstieg, sagte ich ihr, dass es besser wäre, wir würden uns eine kurze, aber mehrtägige Auszeit gönnen, damit sich die Gemüter wieder beruhigen können. Sie stimmte sofort zu.

1. November

Yasmina hatte genug Zeit gehabt, über meine Fragen und mein Verhalten nachzudenken. Sie kam zu dem Schluss, dass ich wusste, dass sie die Tochter des Kommissars war und sie auch die Firma ausspionierte, indem sie alle interessanten Vorkommnisse ihrem Vater berichtete. Kommissar Senhadji hatte sich Hoffnungen gemacht, den lukrativeren Job des Leiters der vom Team vorgeschlagenen Sicherheitsabteilung zu bekleiden.

Als ihm Yasmina telefonisch von der Entscheidung erzählte, Isaac Levy hätte sich gegen eine solche Abteilung ausgesprochen, geriet er im Kommissariat außer Rand und Band. Er nahm seinen Fahrzeugschlüssel und fuhr überschnell zur Firma. Ohne zu fragen, stürzte er in das Büro von Pedro Padron, warf die Tür hinter sich zu und setzte sich auf den Besuchersessel. Er sprach erregt und gestikulierte wild mit seinen Armen. Er bäumte sich ein paar Mal auf und es schien so, als ob er Pedro Padron drohte. Yasmina beobachtete das Spektakel. Ihr war nicht wohl dabei. Sie konnte durch die schallisolierten Glaswände kein Wort verstehen. Sie bemerkte nicht, dass die Fahrstuhltür sich erneut öffnete und Joanne mit bissiger Mine auf sie zuging. Yasmina saß noch auf ihrem Stuhl, als Joanne sie brutal ohrfeigte. Pedro Padron hatte Joannes Kommen registriert und verfolgte sie mit seinem Blick. Dadurch hatte er die Aufmerksamkeit von Kommissar Senhadji geweckt, der mit ansehen musste, wie seine Tochter geohrfeigt wurde. Er stürzte aus dem Büro, um seiner Tochter zu Hilfe zu eilen. Er hörte das Schreien von Joanne.

»Du Miststück. Der Teufel soll dich holen. Du Miststück.«

Pedro Padron eilte zu Joanne und drückte sie behutsam zurück. Immer wieder vergas sich Joanne und beschimpfte lauthals Yasmina.

»Was ist hier los?«, wollte Pedro Padron wissen.

»Was hier los ist? Hier ist alles los! Dieses Miststück! Der Teufel wird sie holen, dieses Miststück«, keifte Joanne lauthals durch das Vorzimmer.

»Joanne, sagen Sie mir, was hier los ist!«, fauchte jetzt Pedro Padron.

»Dieser Kommissar da, Herr Padron, ist noch ein größeres Miststück. Dieser Kommissar ist ein Verbrecher, ein Erpresser. Er ist gestern bei meinem Mann Roland gewesen und hat ihn erpresst.«

Pedro Padron sah den Kommissar an, der mit der ganzen Situation überfordert war. Eben noch hatte er versucht, eher drohend Pedro Padron davon zu überzeugen, wie wichtig es sei, eine Sicherheitsabteilung unter seiner Leitung zu gründen, jetzt sah er seine persönliche Demontage kommen.

»Dieser Schurke hat meinen Mann erpresst. Mein Mann sollte Nico verkaufen, er sollte bezeugen, dass Nico Mitwisser dieser Zementgeschichte ist. Als er dies ablehnte, setzte er meinen Mann unter Druck. Er verriet ihm, dass ich lesbisch sei, und drohte meine Frauenliebe publik zu machen. Das Ansehen meines Mannes wäre dann irreparabel geschädigt. Auch ich sei monatelang von Yasmina ausgehorcht worden. Er würde kolportieren, mein Mann hätte mir Dienstgeheimnisse verraten, die ich dann brühwarm Yasmina erzählt hätte. Dieses Miststück, ja dieses Miststück hat uns ausspioniert und mich benutzt. Das hier ist die Wahrheit, und diese Wahrheit wird ihren Kopf rollen lassen, Herr Kommissar. Darauf können sie Gift nehmen.«

Roland fuhr, nachdem Joanne ihm ihre Bisexualität gebeichtet hatte, sofort zum Polizeipräsidenten. Als wichtigster Medienvertreter erhielt er sofortige Audienz. Er erzählte ihm die ganze Wahrheit, bis auf die Tatsache, dass er drei Tage vor der Sabotage im Zementwerk von diesem Vorhaben gehört hatte. Der Präsident erkannte die Gefahr eines Gesellschaftsskandals und die Gefahr für sich selbst, denn einer seiner Kommissare hatte sich strafbar verhalten. Das hätte ein Disziplinarverfahren gegen ihn selbst nach sich ziehen können, eine Gefahr für seine eigene weitere Karriere. Er musste sofort handeln. Der schwere Dienstwagen, eskortiert von zwei Polizeifahrzeugen, hielt vor dem Verwaltungsgebäude der Firma. Ein Polizist öffnete die Fahrzeugtür. Als sie aus dem Fahrstuhl gingen, wurden sie noch Zeugen der letzten Worte von Joanne. Der Präsident ging auf den versteinerten Kommissar Senhadji zu und flüsterte ihm etwas ins Ohr. Der Kommissar griff den Arm von Yasmina und begab sich zum Fahrstuhl. Als er unten ankam, betrat ich gerade das Gebäude, irritiert von den vielen Polizeifahrzeugen.

»Halt die Schnauze, Nico!«, waren Yasminas Worte. Ihr Ton verriet mir, dass alles zwischen ihr und mir kaputt war, dass sie sich in einer schlimmen Situation befand, aber keine Hilfe benötigte oder sonst mit mir reden wollte. Nadia nahm mich beiseite und empfahl mir, nicht nach oben zu fahren. Sie deutete mir in kurzen Worten an, dass ich erst mit Roland oder Pedro Padron sprechen sollte, wenn der Polizeipräsident gegangen sei.

3. November

Die Tagespresse erwähnte in einem kurzen Artikel, dass Kommissar Senhadji und seine Familie Tanger verlassen hatten. Er habe eine andere Aufgabe in Casablanca erhalten. Nadia wurde der Posten von Yasmina als Vorstandssekretärin angeboten, den sie aber erst mit Ende ihrer Tätigkeit im Projektteam bekleiden sollte. Ich selbst hatte alle Zwischenberichte auf dem Tisch und begann mit Nadia die Endfassung zu redigieren. Die turbulenten Ereignisse halfen uns über die Trauer um Marcel ein wenig hinweg. Das Projekt konnte frühzeitiger beendet werden. Der Projektbericht mit all seinen Empfehlungen für das weitere Vorgehen wurde, von kleineren Abänderungen abgesehen, vom Vorstand akzeptiert. Bis Ende November blieb ich noch in Tanger. Nadia war meine ständige Begleiterin während meines bezahlten Urlaubs. Ein halbes Jahr später kam ich erneut nach Tanger, zur Projektrevision.

Epilog

Fünf Jahre später.

Von der Dachterrasse verfolgte Nadias Mann ihr Spiel mit den zwei Söhnen auf dem Rasen im Garten. Es waren hübsche Buben mit lockigem Haar. Aïcha, die Hausdienerin brachte ihm die Tagespost, zwei Briefe und ein kleines Päckchen. Er machte als Erstes das Päckchen auf und sah sich seine neuen Visitenkarten an:

Nicholas Hansen
Vorstandsmitglied
PP-Baugesellschaft AG
Tanger

↓ Altstadt

← Strand

Tanger in 2008

Anhang

Meine Jugend in Tanger (siehe mein Erstlingswerk *Mein Tanger – Mein Marokko*) war und ist für mich ein immer präsenter Lebensabschnitt. Ich möchte aber dem interessierten Leser kein subjektives, sondern ein objektives Bild dieser Stadt vermitteln. Dafür habe ich den Juristen Peter Oefele gewinnen können. Auch er kennt Tanger! Ein überarbeiteter Auszug aus seinem Buch *Fiesta, Ramadan und tote Helden* (u.a. Tanger in 2001) sowie ein aktuelles Essay von ihm (Tanger in 2008) erzählen über diese Stadt.

Peter Oefele ist hauptberuflich in der Öffentlichkeitsarbeit verschiedener Unternehmen tätig. Als freier Kultur-Journalist und Autor veröffentlicht er im kompletten deutschsprachigen Raum, u.a. in Frankfurter Allgemeinen Zeitung, Wiener Kurier, Augsburger Allgemeine, Handelsblatt (News am Abend), Das Magazin, Abenteuer & Reisen, Du (CH), Globetrotter-Magazin (CH).

Tanger 2001

Auf Besuch bei toten Helden

Überarbeiteter Auszug aus Peter Oefeles „Fiesta, Ramadan und tote Helden"

„Verglichen mit Tanger, ist Sodom ein Gemeindepicknick
und Gomorra ein Versammlungsort von Pfadfinderinnen. "

- Robert Ruark

22. November 2001 – Habe ich es also doch noch geschafft: Jetzt bin ich auf dem Weg zurück an die Straße von Gibraltar, nach Tanger, diesem geschichtsträchtigen Piratennest, das die Mauren „die ungläubige Stadt" nannten, in dem angeblich 25 Prozent aller Einwohner bis heute keinen Pass besitzen, von dem ich mir allein durch das Straßenleben eine tiefgehende, intensive Zeit erwarte.

Truman Capote warnt: „Bevor du nach Tanger kommst, solltest du drei Dinge tun: Dich gegen Typhus impfen lassen, deine

Ersparnisse von der Bank abheben und deinen Freunden Lebewohl sagen. Der Himmel weiß, ob man dich jemals wieder sieht." – Ja, nach vier Wochen Marokko weiß ich, dass es ein Alptraum wird, hier über die Grenze nach Spanien zu gehen, aber es wird eine gute Geschichte geben…

Als ich den Bahnhof von Tanger erreichte, herrscht ein unsäglicher Wind. Von hier wirkt „die weiße Tauber auf der Schulter Afrikas" wie eine einzige große Baustelle aus überdimensionalen roten und grauen Legosteinen. Bereits in der Tür des Zuges muss ich meine ganze Entschlossenheit zusammen raffen, und wehre vier Zahnlose ab, die sich darum streiten, wer von ihnen meinen Rucksack tragen darf. Mein Gepäck zu berühren, das hat sich in ganz Marokko bisher noch niemand getraut. Der Reiseführer hat also recht: Hier bekommt das Problem mit den Hustlern noch einmal eine neue Dimension; hier hängt das übelste Gesindel ab, das man sich nur vorstellen kann. Aber glücklicherweise kann ich auf eine inzwischen fast vierwöchige Erfahrung im Umgang mit diesen Menschen zurückblicken, und somit steht meine Einstellung felsenfest: Ich lasse mich nicht sehenden Auges übers Ohr hauen! Keinen einzigen überflüssigen Dirham werde ich in dieser Stadt lassen, über die William Burroughs 1955 schreib: „Noch nie habe ich auf einem Haufen so viele Leute ohne Geld und ohne Aussicht auf Geld gesehen" - seitdem hat sich die Situation wohl noch einmal erheblich verschlechtert.

Auf meinem Weg durch den Bahnhof werde ich beschimpft. Wo sie an anderen Stellen mit einem freundlichen „Welcome to Morocco! Where are you from?" versuchen, den Nepp zu eröffnen, heißt es hier: „America? Fuck you!"

Ich bedanke mich bei allen Umstehenden mit einem freundlichen und lauten „Shukran, Tanger!" (Danke, Tanger!). Ein Taxifahrer, der scheinbar schon auf mich gewartet hat, raunzt zurück: „We call it Tangier, Gringo! Not Tanger.", und auch wenn er mich ganz wo anders hinbringen möchte, um seine Provision zu kassieren, so ist mein Ziel doch klar: das Tanger-Inn.

Für Leute, die an moderner amerikanischer Literatur, insbesondere an *Beat*-Poetik interessiert sind, ist dieses Hotel so eine Art spiritueller Ort, und auf der Marmortreppe des alten Hauses, ein bisschen im Stile spanischer Kolonialisten erbaut, frage ich nach Zimmer Nummer 4. Und so ein Glück, tatsächlich, als ob ich reserviert hätte (was ich eigentlich schon seit Tagen hätte machen wollen), ist der Besitzer gerade dabei, mir eben dieses Zimmer zu zeigen. Begeistert checke ich ein.

Fiesta, Ramadan und tote Helden: Ursprünglich wollte ich Jack Kerouacs Titel *On the Road* (*Unterwegs*) auch für dieses Buch verwenden. Dies in einer Art Hommage, denn hätte ich sein „literarisches Manifest einer Jugend", das laut Klappentext „inmitten der schlechtesten der Welten ein leidenschaftliches Bekenntnis zum glückseligen Leben ablegt" nicht gelesen, wäre ich wohl nie auf diese Reise gegangen und hätte somit auch dieses Buch nicht schreiben können. Etwa zeitgleich zur Lektüre von *On the Road* ereilte mich damals die Nachricht, dass die Grenzen Europas offen sind, dass es nur noch eine Währung geben soll, dass der ganze Kontinent unter Schmerzen zu einem politischen Ganzen zusammenwachsen wird, und von da an war mir klar, dass ich eine solche Reise machen würde. Der Gedanke von den „Vereinigten Staaten", der auch Kerouac begeisterte, war von nun an mein Gedanke.

Ich hatte mich bereits kundig gemacht, ob es urheberrechtlich möglich wäre, und es wäre schon gegangen, im Laufe der Überarbeitung dieses Buches kam ich aber aus verschiedenen Gründen davon ab, mir einen Titel „auszuleihen": Einerseits, weil man sich mit seinen Vorbildern niemals auf eine Stufe stellen, geschweige denn sich in ihrem Ruf sonnen sollte, und andererseits, weil mir erst gesagt und dann auch selbst bewusst wurde, dass dieses Buch einfach kein *On the Road* ist. Zwar handelt es sich in beiden Fällen um Reiseliteratur, und die Thematik, für das „unterwegs sein" als besonders schätzenswerten Zustand zu werben, ist nach meiner Intension schon deckungsgleich. Der Unterschied liegt aber neben meinen im Vergleich zu Kerouac nur

begrenzten schriftstellerischen Möglichkei-
ten hauptsächlich darin, dass seine Bücher
zu 98 Prozent aus Fiktion und zwei Prozent
Realität bestehen, während es sich bei meinem Buch gerade andersrum verhält. Es ist
und bleibt „nur" ein Reisetagebuch. Ein
Reisebuch, das eines eigenen Titels bedurf-
te.

Lange Rede: Wie der Eingeweihte an des-
sen Rhythmik — Fiesta, Ramadan und tote
Helden — hoffentlich bereits erkannt hat,
blieb es dann doch bei einer Hommage:
Gammler, Zen und hohe Berge hätte auch ge-
passt. Weitere Titel Kerouacs lauten *Be-Bop,
Bars und weißes Pulver* oder *Engel, Kif und ferne
Länder*

Kurzer Sinn: Es war mir ein Bedürfnis, und
Bedürfnissen sollte man nachkommen.

Auf dem Flur des Tanger-Inn funktioniert
heute keine einzige Lampe mehr, und die
Türschlösser sind ausgefranst. Heute gibt
es noch acht große Zimmer, jeweils mit
kalter Dusche und ein Gemeinschaftsklo.
Die Fenster schließen nicht, das Bad ist
zwar sauber geputzt, aber ein gelber Belag

im Waschbecken deutet auf Urinstein hin. Die Leute scheinen kein Interesse daran zu haben, etwas auszubessern, schließlich verdanken sie dem glücklichen Zufall, dass der Kult-Autor William Burroughs hier sein Meisterwerk *Naked Lunch* niedergeschrieben hat, die Tatsache, dass sie diesen Preis wohl verlangen können. Die Erklärung, was nun Kerouac damit zu tun hat, folgt...

Die „Beats" in Tanger: Burroughs und Kerouac waren mit Allen Ginsberg die bekanntesten Vertreter der so genannten *Beat-Generation,* einer unorganisierten Gruppe junger amerikanischer Autoren, die in den späten Fünfzigern die Konservativität der hergebrachten Literaturwelt komplett in Frage stellten. Gregory Corso definiert den *Beat* in der Literatur folgendermaßen: „Indem man der Gesellschaft aus dem Weg geht, stellt man sich außerhalb der Gesellschaft, und außerhalb der Gesellschaft zu stehen, ist das Wesen des Beat."
Burroughs hatte einige Werke von Paul Bowles gelesen, einem der seinerzeit berühmtesten amerikanischen Autoren und seit den späten Dreißigern ständiger Ein-

wohner von Tanger. Er entnahm den Büchern, dass Tanger für ihn ein perfekter Platz zum Leben und Schreiben sein müsste, aber vor allem war er auf der Flucht vor den Behörden und brauchte ein sicheres Versteck. Was war passiert? Einige Jahre später erinnert er sich selbst an die Geschehnisse des 6. September 1951 in Mexiko-City:

„Ich nehme an, es ist Zeit für unsere Wilhelm-Tell-Nummer." In Wahrheit hatten er und seine Frau noch nie etwas in dieser Art versucht, Joan setzte sich aber trotzdem kichernd ein Wasserglas auf den Kopf. „Ich zielte ganz genau aus einer Entfernung von zwei Metern auf den oberen Rand des Glases", und es dauerte einen Augenblick, bis alle Anwesenden begriffen hatten. Sein Freund sagte in die Stille: *„Bill, ich glaube, du hast sie getroffen", und Burroughs selbst schreibt:* „... was mir durch den Kopf ging, war: Ich habe meine Frau erschossen; das ist furchtbar; aber ich werde über mich nachdenken müssen. Es war ein Unfall."

Was folgte, war eine Odyssee, die 1953 eben hier in Tanger in der Stadt enden soll-

164

te, die Burroughs in seinen Werken die „Interzone" nennt. 1954 schrieb er an Ginsberg: „Lieber Allen, (...) und fall bloß nicht auf den Scheiß vom angeblich abgeklärten Orient rein, wie ihn Bowles auftischt. Sie sind nichts weiter als eine Bande von tratschenden, geschwätzigen, einfältigen, stinkfaulen Erdenbürgern." - Er begann damit, sich Heroin zu spritzen, war bald restlos abhängig, und selbst seine Reiseschreibmaschine fiel der Sucht zum Opfer. „Ich tat absolut nichts. Acht Stunden konnte ich die Spitzen meiner Schuhe betrachten..." Eines Tages, erst im März 1956, „... wurde mir plötzlich klar, dass ich nichts tat. Ich starb."

Burroughs ließ sich in eine Londoner Klinik einweisen, schaffte den Entzug, wusste nicht wohin, ging zurück nach Tanger und bezog dort das Zimmer Nummer 9 des Tanger-Inn, heute unglücklicherweise der Aufenthaltsraum des Hotelmanagers. „Ich hatte ein Zimmer, für das ich – mein Gott – 15 Dollar pro Monat zahlte, für ein hübsches Zimmer mit Blick auf den Garten der Villa Muniria mit einem großen bequemen

Bett und einer Wäschekommode und einem Waschbecken und allem drum und dran und mit einer Toilette gleich auf dem Flur." Hier begann er damit, seine abgelegte Drogensucht schriftstellerisch zu verarbeiten, schrieb nun jeden Tag, trieb Sport und verbesserte die Beziehung zu seinem Schriftstellerkollegen Paul Bowles. Der erinnert sich: „In seinem Zimmer lagen Hunderte von gelben Blättern auf dem Boden verstreut, mit Fußabdrücken darauf, Rattenkot, Brocken alter Sandwiches, Sardinen, völlig verdreckt. Wenn eine Seite fertig war, warf er sie über die Schulter und begann eine neue."

Am 15. Februar 1957 kam Jack Kerouac nach Tanger. Burroughs hierzu: „In den vierziger Jahren war es Kerouac, der immer wieder davon anfing, ich solle doch schreiben und dem Buch, das ich schreiben würde, den Titel Naked Lunch verpassen (...) Als Jack 1957 nach Tanger kam, hatte ich beschlossen, seinen Titel zu verwenden und das meiste von dem Buch war bereits geschrieben."

Kerouac war begeistert von dem was er da las. Was ihn aber schockierte, war der Zustand des Manuskripts. Während Burroughs manisch weiter schrieb, sammelte er also die Seiten ein, nahm sie mit in sein Zimmer mit der Nummer 4, legte sie vermutlich auf genau diesen alten Tisch, an dem ich im Augenblick sitze, ordnete sie, tippte sie neu ab und brachte letztlich alles in Form eines annehmbaren Manuskripts. Darüber hinaus gefiel es ihm aber nicht sonderlich gut in Tanger: „Ich habe nicht einmal genug Geld in der Tasche, um mir eine anständige Hure zu kaufen." Kerouac trug sich mit dem Gedanken abzureisen.

Burroughs rief Allen Ginsberg zu sich: „Ich brauche dringend Rat, Lektorat, Mitarbeit...", und der kam gerade recht, als sich Kerouac endgültig dazu entschlossen hatte, die Stadt zu verlassen, während nun Ginsberg *mein* Zimmer bezog und an Kerouacs Stelle bei Sortierung und Überarbeitung des Textes half. Als das Manuskript Ende Mai endlich fertig war, schrieb Ginsberg: „Es ist ein prächtiges Stück Schreibe. Die ganze Energie und Prosakunst Bills plus unsere

Organisation, Säuberung und Struktur — jetzt hat es Kontinuität, ist entzifferbar und leserlich."

Schrieb es und blicke zweifelsohne durch genau dieses Fenster. Eine alte Palme versperrt nur spärlich den Blick. Europa ist ganz deutlich zu sehen. Heute sind es die Lichter von Tarifa, und als ich vor einem Monat von dort aus Tangers Straßenbeleuchtung sehen konnte, hatte ich ja keine Vorstellung von dem, was sich auf der anderen Seite der Meerenge von Gibraltar abspielt.

Lange aufhalten kann ich mich in diesem literaturhistorisch so wertvollen Zimmer zunächst aber nicht. Die Dunkelheit ist schon längst hereingebrochen, es ist Ramadan, und mein knurrender Magen treibt mich über zwei Treppen hoch zur menschenleeren Rue Pasteur. Nur die verlassenen Stühle der stilvollsten Straßencafés, die ich je gesehen habe, zeugen in diesen Minuten davon, dass es sich hierbei um die Hauptstraße von Tanger handelt. Dort nehme ich – wie jeder Marokkaner zu dieser Tageszeit – meine *Harira* ein, zahle mit

15 Cent den Preis der Einheimischen, und man fragt mich, ob ich nicht Lust hätte, dem lustigen Bingo-Abend heute beizuwohnen. – „Bingo?" Ist eher nicht so mein Ding. Aber einen Tee müsste ich mindestens mittrinken, meint ein vielleicht fünfundvierzigjähriger Franzose mit albinoweißem Haar. Mir kommt eine der abenteuerlichsten Geschichten zu Ohren, die ich jemals gehört habe, und dann, mit gefülltem Magen: Nichts wie weiter auf Erkundungstour! Langsam füllen sich die Straßen wieder. Ich verabschiede mich höflich ohne Plan oder konkretes Ziel.

Nach etwa 50 Metern tritt ein glasklarer *faux guide* (falscher Führer) an meine Seite. Ich versuche Ihn abzuschütteln und mache ihm auf diese sarkastische Art und Weise, welche man sich im Umgang mit ihnen angewöhnt, klar, dass ich mir vorgenommen habe, solchen Leuten wie ihm keinen einzigen Dirham mehr zu geben, und als er meint, er würde das voll und ganz verstehen und es genauso machen, füge ich auch noch gutgelaunt hinzu, dass ich mich auf den Streit am Ende unserer Führung jetzt

schon freue: „No problems! No money!",
sagt er. Weiterhin kläre ich ihn einmal mehr
über die hiesige Rechtslage auf und frage,
warum er mich nervt und dabei Gefängnis
riskiert, wo er doch angeblich gar kein Geld
von mir haben möchte. Zum Trotz sagt er,
ich solle jetzt genau aufpassen und führt
mich mit voller Absicht knapp an einem
Polizisten vorbei. In jeder anderen Stadt
Marokkos wäre er dafür sofort verhaftet
worden. Hier aber scheint die Polizei die
Kontrolle weitestgehend aufgegeben zu haben. Dieser Teil der Touristen-Gesetze
wird jedenfalls nicht mehr durchgesetzt -
was nicht weniger bedeutet, als dass man
für die Hustler zum Abschuss freigegeben
ist.

Aber Sahid scheint andererseits auch nett
zu sein. Also vertreibe ich ihn nicht, sondern lasse mir die Stadt zeigen, und denke
mir, wenn ich ihm dann nach einigem Ver-
handeln doch noch etwas gebe, dann wird
er schon zufrieden sein. Auf diese Art bin
ich jedenfalls vor anderen Führern sicher
und erfahre die Details. So betreten wir die
sagenhafte *Medina* (Altstadt) von Tanger,

und ich rate wirklich niemandem dazu, bei
Dunkelheit dort alleine hinein zu gehen.
Was Tanger aber ausmacht, ist die Vielfalt
an Architektur, die sich über die letzten 600
Jahre hier angesammelt hat. Portugiesen,
Spanier, Franzosen, Italiener, Afrikaner und
Deutsche waren am Werk. Alles nur vom
Feinsten: Jugendstil, Bauhaus, Art Deco.
Aber alles auch unfassbar dreckig!

Um zu begreifen, wie es soweit kommen
konnte, kommt man nicht umhin, etwas
über die Geschichte dieser Stadt zu hören,
wie sie mir ein wohlhabender älterer Herr
etwas später an diesem Abend im legendä-
ren *Grand Café de Paris* erzählen sollte...

Die Interzone: Die auf die Steinzeit zurück-
gehende Hafenmetropole war zu allen Zeiten heiß umkämpft: Zunächst phönizisch,
später karthagisch, um die Zeitenwende
Teil der römischen Provinz Hispania, ab
682 arabisch, im Zeitalter der Seefahrer
immer wieder Portugiesisch, Spanisch,
Englisch oder Marokkanisch, einigte man
sich schließlich im Marokko-Vertrag von
1912 auf eine gemeinsame „Internationale
Zone". Spanien, Frankreich, England und

Italien schwangen das Zepter, aber auch Deutschland, Holland, Portugal, die USA, Marokko, Mauretanien und Algerien hatten ihre Kompetenzen.

Schmuggel war geduldet, Piraterie üblich. Es war das Mekka für Agenten und Doppelagenten, hier gab es mehr Gold als in der Schweiz, wer einen falschen Namen kaufen wollte, der war in Tanger richtig. Zu dieser Zeit gab es nur das Beste vom Besten, was die jeweiligen Nationen zu bieten hatten: Stoffe aus Afrika, Blumen aus den Niederlanden, nur die Delikatessen aus den jeweiligen Ländern, die feinsten Mäntel aus England. Ein annähernd deutsches Verwaltungssystem und die spanische Guardia Civil sorgten für Ordnung, ohne dass großartige, einheitliche Gesetze bestanden hätten. Die Reichsten der Reichen und Weltstars bauten ihre großartigen Villen mitten in der Stadt. Jede in einem vollkommen anderen Stil! Billige Maurer, um die Pläne weltberühmter Architekten kostengünstig umzusetzen, gab es in Marokko ja zur Genüge.

Der alte Mann spricht hierbei von der „guten alten Zeit", und es gibt ein schönes

Wort, das das Tanger dieser Epoche vielleicht am besten beschreibt: „mondän" - und wie schon erwähnt: Eigentlich müsste der Film von Michael Curtiz „Tanger" und nicht „Casablanca" heißen, und was wäre wohl passiert, wenn... wäre alles dann ganz anders gekommen?

Eines dieser sagenhaften Häuser baute auf den Rat von Gertrude Stein der schon angesprochene Schriftsteller Paul Bowles. Er kam Ende der dreißiger Jahre hier an und galt zeitlebens als Ur-Prominenter und Auslöser des ganzen Booms, denn er war es, der die Stadt in seinen Büchern so reizvoll schilderte. Seinen größten Berühmtheitsschub erlebte Bowles, als kein Geringerer als Bernardo Bertolucci um 1990 seinen bekanntesten Roman *The Sheltering Sky* („Der Himmel über der Wüste") für Hollywood verfilmte. In den Hauptrollen damals: John Malkovich und die leider viel zu früh verstorbene Deborah Winger.

Paul Bowles verstarb 1999 im biblischen Alter von 93 Jahren. In Tanger. Obwohl er der bekannteste Mensch dieser Stadt war, nahm er bis zu seinem Ende vollkommen unbehelligt am Straßenleben teil.

Eine weitere Mega-Reiche, auf die man hier
sehr stolz ist, war die ebenfalls noch gar
nicht so lang verstorbene Barbara Hutton.
Des Jet-Sets müde, schiffte sich die Wool-
worth-Erbin mit ihrem spektakulären sil-
bernen Rolls Royce nach Tanger ein, und
angeblich wird ihre Villa mitten in der *Medina* wird noch heute von den Überleben-
den der ursprünglich neun Cockerspaniels
bewohnt (für jeden Ex-Mann einen). Mrs.
Hutton muss sehr beliebt gewesen sein, da
sie zeitlebens immerzu gegeben hat. Sie
baute Schulen, Krankenhäuser und Kinder-
gärten. Als sie starb, hatte sie gerade noch
3000 Dollar auf ihrem Konto. Es gibt eine
Fernsehserie mit dem Namen *Rich poor girl*,
die in Tanger gedreht wurde und ihr Leben
dokumentiert.

Es muss also wahr sein: Nichts ist anzie-
hender als ein schlechter Ruf, denn auch
die weitere Liste an illustren Namen, die
Tanger in dieser Zeit schmückten, ist beeindruckend. Den Anfang machten Mark
Twain, dann kamen Bowles, in seinem Sog
die *Beats* und viele weitere Künstler von

Weltrang: Ein Foto zeigt Marc Genet neben Basquiat am Tresen von *Guitta's Restaurant*, Tennessee Williams schnupfte bei Truman Capote zu Hause Kokain...

Aber ich kann hier unmöglich all das wiedergeben, was mir mein alter Freund dazu erzählt hat:

„Wir waren bestimmt die schlechtesten Menschen der Welt, und vielleicht sind wir es immer noch, aber wir können nichts dafür! Stell dir nur vor, schon der heilige Franz von Assisi hat mit uns geschimpft: O Tangis, o dementa Tangis!" - Tanger, oh geistesschwaches Tanger!

1956, mit dem Ende des französischen Protektorats und dem Beginn der damit einhergehenden Unabhängigkeit Marokkos, war es schließlich auch mit Burroughs' Interzone zu Ende. Und natürlich hatte die neue Regierung eigentlich schon ein Interesse daran, das Großkapital zu halten. Dieses vertrug sich aber noch nie wirklich gut mit Zöllen, festgeschriebenen Wechselkursen und überhaupt Gesetzen jeder Art, und so ging es schnell bergab. Der Spaß war vorbei! Es hatte sich ausgefeiert.

Wir waren an der Stelle stehen geblieben, als ich und mein falscher Führer in den engen Gassen der *Medina* untergetaucht sind. Zunächst zeigt er mir Mrs. Huttons Haus und erzählt stolz, dass sein Vater damals mitgeholfen hat, ein paar Torbögen einzureißen, als sich das Problem mit ihrem Royce stellte. Als wertvollster Gegenstand der Stadt wurde er von allen geschützt. Um eine Ecke befindet sich das *Rolling Stones Café* in dem vor etwa 30 Jahren die gleichnamige Band ihr Unwesen trieb. Wir treten ein, mein Führer erlaubt mir einen Tee zu bestellen und holt den Wirt an unseren Tisch. Der Siebzigjährige hat die Ruhe weg und deutet auf einige Fotos an der Wand, die ihn mit den Stones, aber auch John Lennon, Burroughs, Ginsberg, Bertolucci und Jon Malkovich zeigen. Kinski wäre noch hier gewesen, von dem hätte er aber erst später erfahren, dass er berühmt gewesen wäre. Er hätte ihn rausgeworfen, weil er sich mit dem ganzen Lokal laut schreiend angelegt hätte, spult er seine – etwas angestaubte – Standardrede für Touristen runter.

Der Wirt möchte zwar kein Geld für seine Ausführungen, teilt mir aber reichlich deutlich mit, dass mein Führer zwar ein guter, aber „a very, very poor man" wäre. Er hätte drei Kinder! Also geht es langsam los. Ich warte schon einige Zeit darauf, dass die gute Stimmung allmählich umschlägt.

Wir gehen weiter, und langsam wird mein ungebetener Führer entschieden ungeduldig. Er meint wohl schon zu viel Zeit mit mir verbracht zu haben. Ich hingegen, sage ihm immer wieder, wie toll ich es fände, dass er für mich diese Führung kostenlos veranstaltet. So schleppt er mich noch schnell an einigen Kanonen und der Villa Malcolm Forbes vorbei, und als wir tatsächlich wieder am Ausgangspunkt angekommen sind, bedeutet dies, dass unsere Führung beendet ist und gleichzeitig die Preisverhandlungen eröffnet sind. Sahid möchte für die – zugegeben hochwertige – Führung zunächst 100 Dollar und später 50 Dirham. Aber mein Standpunkt steht: Ich lasse mich nicht abziehen! Und hätte ihm

20 Dirham gegeben, aber als wir uns nicht einigen können, artet das Ganze in einen lautstarken Streit auf offener und – wie ich es hindrehen konnte – hell beleuchteter Straße aus. Stark komprimiert verlief unsere Meinungsverschiedenheit folgender Maßen:

„And now, Mister Pjotr, my friend, the tour is finished and my children are hungry."

„Yes, very nice, Mister Sahid, my friend. You were very friendly. Can I give you a little bit?"

„A little bit!?!?" – schon jetzt wird er laut. Wie schon gehabt, wirft er das Geld auf den Boden und spuckt darauf, bevor er es wieder aufhebt und mir demonstrativ unter die Nase hält:

„This is no money! Hey man, what is better? To guide people, help them, look for them, or wait for them after the next corner with a knife! This is my job, man!!! And my children are hungry. Give me 100 Dirham!"

„Come on, I thought you were one of the fair ones. But you're a liar like all the other ones. I told you, that I don't want your illegal guiding, like I told it 100 illegal guides before. And I, I don't have so much money, like you want. In my country 10 Dirham is a lot of money, but you, you throw this coin away... you must be a very rich man, my friend! For 10 Dirham I can buy here a whole meal in a restaurant... think about you! What is the problem in your brain, my friend?"

„Gimme 50 Dirham! Last price!"

„Gimme my 10 Dirham back!"

So geht das eine Zeit, und ich sollte auch diesmal die Nerven behalten. Ein Polizist steht etwa 100 Meter entfernt und beobachtet uns. In jeder anderen Stadt Marokkos hätten sie den Mann längst weggesperrt, aber Tanger. Tanger ist vollkommen anders.

Schließlich ist es der Besitzer des Obstladens, vor dem wir streiten, der zwischen uns geht, dem Kerl nochmals zehn Dirham in die Hand drückt und versichert, er würde mir den Hustler vom Halse halten und ich solle hier schleunigst verschwinden. Zunächst noch streitend und zu dritt und irgendwann nur noch ich und der Obstladenbesitzer verlassen wir die *Medina* von Tanger. Kurzzeitig meine ich fast, dass der jetzt mein nächster falscher Führer ist, aber er entschuldigt sich nur tausendmal für diese Art Landsleute und ist abgrundtief traurig, dass alle Touristen durch sie einen so schlechten Eindruck bekommen würden. Ich beruhige ihn und meine, dass ich gar kein so schlechtes Bild hätte. Ich wäre zwar erst fünf Stunden hier und hätte mich trotz Ramadan schon mit einigen dieser Sorte gestritten, ansonsten fände ich Tanger aber äußerst beeindruckend und bin ja auch schon einiges gewohnt, er solle sich keine Sorgen um meine Gemütsverfassung machen, ich hätte hier schon eine gute Zeit.

Und ich würde lügen, wenn dieser Tag damit zu Ende gewesen wäre. Erst kurz vor Mitternacht komme ich auf den ehemaligen Prachtboulevard an der Hafenstrasse. Was sich Tanger bewahrt hat, ist das hervorragende Essen rund um die Uhr, und so gibt es ein letztes Mal leckeres Seafood für wenig Geld. Diesmal aber nicht eher lustlos zubereitet, sondern in leckersten französischen Soßen und reichlich garniert. Ein Teller mit verschiedenem Fisch, Hummer, Krabben, Langusten und Tintenfisch, auf ein herrliches Salatbett. Ich glaube, noch nie in meinem Leben so gut gegessen zu haben, und dabei hatte ich für diesen Preis nur mit einer Kleinigkeit gerechnet. Zwei Hustler stehen mit toten Augen auf der Straße und warten, dass ich heraus komme. Ich aber bleibe lange und komme nun endlich dazu, zumindest stichpunktartig die Ereignisse der letzten Tage aufzuschreiben. Die Ober lesen mir jeden Wunsch von den Lippen ab. Zigaretten darf man sich hier nicht selbst anzünden. Das wäre fast schon eine Beleidigung, und dieses Lokal ist nur eines von vielen auf diesem Niveau. Im Fernsehen verbreitet der arabische Nachrichtensender *al-Jazeera* Propaganda in der umgekehrten Richtung. Sie zeigen Bilder und nennen Fakten, wie ich sie auf *CNN* oder bei *Spiegel-Online* nie erfahren habe. Bin Laden ruft in der wohl zweihundertsten Wiederholung zum Heiligen Krieg gegen mich auf, doch der Ober reicht mir einen kleinen Teller mit Honigmelonenstückchen.

Gegen Morgen verlasse ich das rund um die Uhr geöffnete Lokal, aber noch immer warten einige der lebenden Toten. Mit normalem Gang ist es kein Problem, sie auf den vielen zusammengefallenen Treppen dieser Stadt abzuschütteln, ein beklemmendes Gefühl bleibt trotzdem, und schließlich „begleiten" mich noch drei kerngesunde Jugendliche und möchten viel Geld dafür. Kommentarlos fällt die Hoteltür vor ihren Nasen ins Schloss, ich schleppe mich die Treppe hoch, betrete mein Zimmer mit der Nummer 4 - und schlafe tief und fest.

Das war ein guter Tag, ob ihr mir das nun glaubt oder nicht.

23. November – Es wird zur Routine: Ich stelle mich taubstumm, lasse mich ohne Kommentar als Gringo beschimpfen, weiche ihnen aus, wo es geht; und wo nicht, drehe ich versteinerten Blickes vor ihnen um. Ein 15-jähriger Schuhputzer sitzt eine Zeitlang vor mir, bettelt mich an, für 20 Cent meine Schuhe putzen zu dürfen und will nicht mehr gehen. Als keine Reaktion kommt und ich ganz ohne aufzublicken weiter schreibe, nimmt er vorsichtig mein Feuerzeug vom Tisch und verabschiedet sich untertänig. Es ist zum Verzweifeln.

Und trotzdem habe ich einen guten Tag, denn ich bin kaum auf der Straße, sondern halte mich in den Cafés auf, die jedes für sich eine Legende und ein Wunder an Stil sind. Klavier live, 24 Stunden am Tag, an den Wänden Fotos, unter anderem mit Thelonious Monk. Dort lasse ich mich verwöhnen, versuche zumindest Bruchstücke von dem, was ich in Marokko erlebt habe, handschriftlich zu Papier zu bringen und beschäftige mich auch mit der Frage, was gerade diesen Ort so lebenswert machen soll, dass so viele Europäer hier wohnten und zum Teil immer noch wohnen.

Und ich bin zu dem Schluss gekommen, dass sich Tanger verändert hat. Damals war die Stadt reich, seit sie aber wieder zu Marokko gehört, ist sie auf einem fürchterlich absteigendem Ast. Die Reichen sind tot oder weggezogen. Seit Bowles Tod lebt wohl keine einzige Berühmtheit mehr in dieser Stadt. In den Cafés ist kaum noch etwas los, alles verfault und verdreckt, und bald wird auch der Mythos verloren gehen und Tanger einfach nur noch als ein Rattennest gelten. Wenn ich meinen aktuellen Reiseführer mit dem alten von Hubertus verglich, dann lässt sich diese Tendenz mehr als deutlich erkennen. Ein Spanier kann es hier machen, weil er nicht besonders auffällt. Vielleicht auch noch ein Franzose, aber für einen blauäugigen Blonden wie mich: Nein, das ist definitiv kein Platz zum Leben.

Erst nach der Dämmerung mache ich meinen Frieden mit Tanger, und an meinem letzten Abend in diesem Land kommt es zu der ganz am Anfang dieses Kapitels angesprochenen Begegnung mit dem Hustler, der gar keiner war. Der allein stehende 50-Jährige Tangerino stellte sich als Englisch-Dozent an der Universität von Casablanca heraus. In den ersten beiden Stunden nach Sonnenuntergang sitzen wir auf einer Mauer, schauen in Richtung Europa und philosophieren über das Land und seine großen Probleme. Die letzten Fragen, die ich noch habe, kann er mir beantworten, mein Bild dieses Landes fügt sich nun zusammen. Ich erfahre vieles über die Verfassung dieser konstitutionellen Monarchie und über die Sicht gebildeter und gemäßigter Moslems zum 11. September. Letztlich, so meint er, war es der 11. September, der Tanger verändert, den letzten Mythos zerstört und für mich so brutal gemacht hat.

Momentan käme ein Führer auf einen Touristen, von denen sich aber die meisten deswegen auf ihren Zimmern versteckten und somit auch nicht kaufen würden. Das wäre ganz genau mein Problem in dieser Stadt. In der Tageszeitung seien Statistiken abgedruckt gewesen, welche die illegalen Führer mit den Touristen ins Verhältnis setzen. Noch am 11. September hätte es ein Hustler nötig gehabt, sich mit 5000 Touristen zu messen. Heute seien es Tausende, die sich so weit herablassen müssten und das Verhältnis wäre ex equo, wobei sich die Zahlen allerdings ganz langsam schon wieder verbessern. Tatsächlich wüsste die Stadt nicht, wie es weitergehen soll.

In scha'a Allah – so Gott will – so sagt er, wird es mit Tanger eines Tages wieder aufwärts gehen…

Tanger 2008
Renaissance und Abgesang

ein Essay von Peter Oefele

Am frisch renovierten Grand Socco sitzt ein alter Berber und lacht. Vor ihm hat sich ein stattliches Publikum versammelt. Darunter auch einige Touristen, die wie gebannt an seinen Lippen hängen. Der Mann erzählt und erzählt, und er lacht deutlich lauter als ein derart alter Mann im Grunde Lachen kann. Sein Glück: Endlich kann er wieder in Ruhe seinen Beruf ausüben, Geschichten zu erzählen. Endlich muss er sich nicht mehr mit dem *Zakat*, der islamischen Armengabe, über seine Tage retten. Endlich bleiben auch Touristen wieder bei ihm stehen. Ihnen zu Ehren, wechselt er manchmal vom Arabischen ins Spanische, und zwei Wörter wiederholt er dabei immer wieder: „alegria" und „esperanza" – Freude und Hoffnung.

Wer sich heute am Grand Socco umsieht, und weiß, welche rauen Sitten hier noch vor fünf Jahren geherrscht haben, empfindet das Lachen des Alten wie ein Wunder: Es ist wie das Ende eines langen, schweren Traumas. Nun aber sind die Schrecken des Niedergangs einer entspannten mediterranen Atmosphäre gewichen. Dort wo bis vor kurzem nur wenige Reisende durchhetzten, die das „Tor zu Afrika" einfach nicht umgehen konnten, folgt heute eine Gruppe Tages-Ausflügler der Nächsten. Ganz normale Spanien-Touristen, Familien, die mit der Fähre von Tarifa herüber gekommen sind. Unter Palmen schlendern sie am alten Cinéma Rif, der heute neuen und nun mit internationalem Anspruch ausgestatteten „Cinémathèque de Tanger" vorbei, durchs Bab Fahs hinunter zum Petit Socco. Ihre Kinder plantschen in den Fontainen des neu gestalteten Brunnens in der Mitte des großen runden Platzes. Gemeinsam mit kleinen Tangerinos – als wäre nichts gewesen.

Auch unser alter Geschichtenerzähler profitiert von der viel zitierten „Renaissance" Tangers. Besonders die Touristen geben heute reichlich. Wobei ihre Zufriedenheit sicherlich nicht daher rührt, dass sie seiner Dienstleistung in irgendeiner Form folgen könnten. Für sie kommt es gar nicht erst darauf an, zu verstehen, wovon dieser Mann tatsächlich erzählt. Im Arabischen wäre es ohnehin nicht angebracht, die Dinge direkt beim Namen zu nennen. Es wird grundsätzlich blumig umschrieben, es bleibt immer Interpretationsspielraum. Was zählt, ist schon allein die Begegnung mit dieser biblischen Gestalt aus einer anderen Dimension. Der Geschichtenerzähler führt das islamische Jahr 1429 auf seinem Kalender, für die Bleichgesichter hingegen wird es langsam Zeit, auf ihre Fähren in die westliche Welt zurückzukehren.

Nicht ohne ein letztes kleines Kuriosum, das eine Stadt am Scheideweg versinnbildlicht. Eine Anekdote, mit der es dem Berber gelingt, einerseits der derzeit allgegenwärtigen Zuversicht ein Gesicht zu verleihen, andererseits aber auch ein wenig

188

Nostalgie auszustrahlen: Was er damit meinen könnte, wenn er Tanger mit seinem eigenen Gebiss vergleicht? Vielleicht, dass dieser alten Stadt — wie man sie kennen und lieben lernte — derzeit noch ihr letzter fauler Zahn gezogen wird: Die Vollendung und Inbetriebnahme des ersten Bauabschnittes des neuen Tiefsee-Hafens „Tanger Méditerranée", etwa 30 Kilometer außerhalb der eigentlichen Stadt, steht für den Beginn eines wirtschaftlichen Aufschwungs, wie man ihn in der verarmten Nord-Region Marokkos bis vor kurzem noch nicht einmal erahnen konnte. Bis 2012 soll nahe Ceuta nicht nur der größte Container-Hafen Afrikas, sondern auch ein Fährhafen für fünf Millionen Passagiere und fünfhunderttausend Fahrzeuge pro Jahr entstehen. Neue Freihandelszonen, über hunderttausend Arbeitsplätze und ganze Städte für die Beschäftigten inklusive. Dass Tangers alter, eigener innerstädtischer Hafen dafür vom interkontinentalen Hauptverkehrsweg abgenabelt wird, verkommt angesichts solcher Zahlen zu einer bloßen historischen Fußnote — immerhin zu einer Fußnote in einer der ältesten Geschichten der Menschheit: Der vermeintlich ewig währende, gottgegebene geo-politische Sonderstatus einer autarken Hafenstadt unweit der Säulen des Herkules; der Ur-Mythos vom stadtgewordenen „Tor zu Afrika" – all das wird nun endgültig zu dem, was es eigentlich schon immer war:

Legende. Die eigentliche, ursprüngliche Hafenstadt Tanger, der Sage nach vom Sohn des Poseidon gegründet, ohne eigenen Interkontinentalhafen wird sie sich zweifelsohne neu erfinden müssen. Was allerdings bleibt, ist die Erkenntnis, dass es auf die bisherige Art ohnehin nicht weiter gegangen wäre. Was bleibt, ist berechtigte Hoffnung auf Zahnersatz. Denn größter Profiteur von alledem ist natürlich die Stadt selbst. Schon allein, weil sie zuvor am tiefsten gesunken war.

Al-hamdu-lilah – Gott sei's gedankt – fällt unserem Berber dazu ein. Und immer wieder „Esperanza", Hoffnung: Auf dass die beeindruckenden Konzepte des jungen Königs Mohammed VI. nachhaltig sein werden. Auf dass der gegenwärtige Boom keine Blase ist, die irgendwann platzt. Vor allem aber, dass es sich bei der so plötzlichen und überraschenden Gesundung Tangers nicht doch nur um ein Märchen aus Tausendundeiner Nacht handeln könnte.

Wer noch um die Jahrtausendwende hierher kam, fand einen agonischen Patienten, eine ehemalige Metropole im Endstadium ihres Niedergangs. Lethargie, Hunger und Beschaffungskriminalität, hatten die Straßen und Plätze Tangers für Touristen zunehmend unbegehbar gemacht. Die Stadt war befallen von zahllosen so genannten *faux guides* (nicht lizenzierten Stadtführern), etwas besseren Straßenräubern, die jedem Auswärtigen das Leben zur Hölle machten. Noch im Winter 2001 behauptete einer von ihnen: „Seit tausend Jahren" wären nicht so wenig Fremde in der Stadt gewesen. Der absolute Tiefpunkt sei erreicht; aber: *In scha'a Allah* – so Gott will – würde es mit Tanger eines Tages wieder aufwärts gehen...

Die „weiße Taube auf der Schulter Afrikas" war erkrankt und wurde immer kränker, gelegentlich bereits für tot erklärt – sofern sich überhaupt noch jemand für sie interessierte. Der „Bewahrer des Mythos", der

Schriftsteller Paul Bowles, war gestorben; um die historische Bausubstanz hatte sich seit Jahrzehnten niemand mehr gekümmert; am Bahnhof lungerte eine Horde Aussätziger herum; und sogar die Reiseführer rieten nur noch: „Augen zu und durch". Gerade erst angekommen, ergriffen selbst hartgesottene Reisende sofort wieder die Flucht, bevor sie auch nur einen Blick auf die Stadt und ihre Sehenswürdigkeiten werfen konnten. Fast konnte man meinen, die stolze Diva Tanger hätte es auf diese Art zu verhindern gewusst, dass sie jemand in ihrem Zustand zu Gesicht bekam. Damit ihr großer alter Verehrer – die westliche Welt – nichts von ihrem tragischen Verfall erfuhr. Er sollte sie einfach vergessen, fünfzig lange Jahre.

Die Letzten, die einigermaßen würdevoll am Tor zu Afrika die Stellung hielten, waren die großen Cafés aus der ersten Hälfte des vergangenen Jahrhunderts. Sie boten Touristen Schutz vor der Straße, waren aber größtenteils verlassen. Es hatte etwas Morbides, dort allein mit einem uniformierten Ober zu sitzen, sich Riesengarnelen auf

192

Salat servieren zu lassen und dabei den melancholischen Balladen der Nachtschicht am Klavier zuzuhören. Salonmusik aus einer vergangenen Zeit. Vergilbte Fotos an den Wänden, auf denen Josephine Baker kaum noch zu erkennen war.

Heute, gerade ein halbes Jahrzehnt später, hat sich alles radikal verändert: Bei der Ankunft — derzeit noch im alten Hafen — offenbart sich die „weiße Stadt" bereits wieder so, wie sie sein soll: weiß, nicht mehr gelblich, unverputzt und schimmelgrau. Vereinzelt stehen zwar noch Kräne und Sprenkel von Rohbauten im perfekten Bild, aber was soll's: Bei all dem Trubel und bei dieser Vielfalt geht jede globale Sichtweise ohnehin sofort verloren. Etwa in einem der zahllosen exotisch duftenden Straßenrestaurants, in denen das gute Essen immer noch lächerlich günstig ist. In den engen Gassen der Medina, unter Schlangenbeschwörern, Eseln, Wasserverkäufern, Haschisch-Dealern und sprachverliebten Straßenhändlern: Marktschreierisch wechseln Sie vom Arabischen ins Spanische, Französische, Englische und wieder zurück ins

Arabische. Zu ihren Füßen stehen prall ge-
füllte Säcke mit erlesenen Gewürzen. In
den Regalen liegen Lederwaren, kopierte
Fußball-Trikots internationaler Stars und
bunte Haushaltswaren für den täglichen
marokkanischen Gebrauch. Die Preise, die
die Händler nennen, sind traditionell hoch,
sinken auf Rückfrage aber schnell und gut
gelaunt ins Bodenlose – nicht ohne eine
Mahnung gleich voraus zu schicken: Heute
wäre es noch einmal der ganz große Men-
genrabatt, aber schon morgen, schon morgen werde alles deutlich teurer werden!

Das internationale Sprachgewirr, das man
noch vor kurzem nur erahnen konnte, liegt
längst wieder in der Luft. Wieder sieht man
vor dem „Grand Café de Paris" wunder-
schöne Mädchen mit der Hautevolee beim
„Whiskey marocaine", dem *Thé à la Menthe*,
zusammen in der Sonne sitzen. Wieder
vermutet man hinter den Café-Tischen am
Petit Socco die wichtigen Geschäftemacher.
Und am Klavier sitzt heute ein junger Vir-
tuose, der afrikanisch angehauchten Modern Jazz im Stile Thelonious Monks zum
Besten gibt.

Kurz: Wer zu jung ist, um es miterlebt zu haben — und das dürften die meisten sein —, gerät bei all der Aufbruchstimmung unweigerlich in Versuchung, am Horizont vergangene goldene Zeiten, am Ende sogar den „alten Mythos", wieder heraufziehen zu sehen. Und tatsächlich gleicht die gegenwärtige Situation in etwa jener, als Tanger von 1923 bis 1956 zur „Internationalen Zone" wurde. Schon einmal brachen damals alle Dämme. Die Stadt wurde zum Sammelbecken für Glücksritter und Hedonisten. Mega-Reiche, Jetsetter, Künstler, Schriftsteller landeten hier und zogen ihresgleichen nach: Namen wie Tennessee Williams, Truman Capote, Samuel Beckett, Jean Genet, Jack Kerouac und William S. Burroughs wirken fort und befeuern den Mythos von Tanger als *dem* „Place to be" bis in die Gegenwart hinein — aber Geschichte wiederholt sich nicht. Und der Ruhm vergangener Zeiten ist bestenfalls noch Teil eines touristischen Gesamtkonzepts.

Heute sitzt mit Mohammed VI. ein in Marokko studierter und im Westen promovierter Jurist auf dem Alawiten-Thron. Das viel sagende Thema seiner Dissertation: „Kooperation zwischen der Europäischen Gemeinschaft (EG) und der Union des arabischen Maghrebs (UMA)". Ein junger, gut aussehender Superstar, der alles modernisiert, was ihm in die königlichen Finger kommt. Insbesondere Tourismus und Infrastruktur stehen derzeit auf der Tagesordnung. Die Wiederbelebung des lange vernachlässigten Nordens ist dabei nur ein Teil des Masterplans. Tanger wiederum nur ein Teil des so genannten „Plan Azur", der eine touristische Aufwertung der Küsten sowie eine Verdoppelung der jährlichen Besucherzahlen auf zehn Millionen bis 2010 vorsieht. Allerdings ein zunehmend bedeutender Teil: Ganz im Gegensatz zu seinem Vater, der Tanger systematisch ignorierte und sogar seine Administration verkommen ließ, sagt man Mohammed VI. nach, er hätte ein regelrechtes Faible für die Stadt entwickelt. Dort, wo Hassan II. in siebenunddreißig Jahren strenger Regentschaft keine einzige Stunde verbrachte, fährt der neue König heute gerne Wasserski. Er hat Nicolas Sarkozy in seinem hiesigen Palast empfangen, und gelegentlich lässt sich „M6" sogar dabei beobachten, wie er sein Mercedes-Cabriolet eigenhändig über die frisch hergerichtete Avenida España steuert. Hinunter zum alten Hafen, an dessen Stelle er in einigen Jahren dann einen exklusiven Sport- und Yachthafen vor Augen hätte. Sobald der neue Hafen fertig und voll einsatzfähig ist.

Ein weiteres der von Mohammed VI. autorisierten Konzepte war bisher hauptsächlich in Europa als *Gentrification* bekannt und passt wie die Faust aufs Auge verfallender marokkanischer Medinas: Ehemals renommierte, zentral gelegene Stadtteile werden durch die Rückkehr höher stehender Schichten revitalisiert. „Wohnen wie ein Pascha in der Medina von Marrakesch", lautete einer der klangvollen Slogans international groß angelegter Werbeaktionen. Und selbstverständlich hat ein eigenes Stückchen Weltkulturerbe (in dem bis vor kurzem noch zwanzig Menschen jenseits des Existenzminimums hausten) heute seinen exklusiven Immobilien-Preis!

Ein weiterer Slogan verspricht, auch Tanger stünde „vor einer Renaissance". Spätestens 2012 soll es wieder in alter Schönheit erstrahlen. So Gott dann immer noch will, versteht sich - aber warum eigentlich nicht? In Tanger war schon immer alles möglich, außer einem zuverlässigen Blick über die Gegenwart hinaus.

Die internationale Berichterstattung überschlägt sich jedenfalls in ihrer kritikfreien Begeisterung. Bedeutende einheimische und französische Autoren wie Tahar Ben Jelloun und Bernard-Henri Lévy leben in der Stadt, die alte „Achse Paris-Tanger" formiert sich wieder neu, Yves Saint Laurent hat eine Villa restauriert, Felipe Gonzalez unterhält hier einen Zweitwohnsitz, und in Marrakesch, wohin sich die Madonnas, Mick Jaggers und Brat Pitts dieser Welt bereits von der *Gentrification* haben rufen lassen, werden erste Stimmen laut, die Kulisse der dortigen Bevölkerung wirke „nicht mehr authentisch genug".

Genau hier kommt Tangers großes Kapital ins Spiel. Hier geht jeder als authentisch durch, der eben nicht authentisch ist. Die

Liebesbeziehung mit dem Westen gehört zum tiefsten Selbstverständnis dieser Stadt. Zurück zu unserem lachenden Geschichtenerzähler auf dem Grand Socco, für den Zahnersatz die reinste *Sience Fiction* bleibt, und dessen Gebiss genügend Interpretationsspielraum lässt, gemeinsam mit dem alten Hafen einen kompletten Ur-Mythos *ad acta* zu legen.

Für sein zurückgekehrtes Publikum aus dem Okzident bedeutet „Tanger" in erster Linie ein mit jeder Menge Mythos, Erotik und Nostalgie beladenes Wort. Für ihn hingegen, bedeutet das „Tor zu Afrika" in erster Linie eine real existierende Stadt unter einem real existierenden Himmel. Er ist alt genug, Tanger schon einmal ganz oben und dann nur noch seinen fatalen Niedergang erlebt zu haben. Nun findet er sich mitten in einem Jahrhundert-Comeback wieder.

Ob er sich die Stadt noch leisten können wird, wenn die Luxus-Yachten erst einmal im alten Hafen liegen…? Das ist eine andere Frage, die – so Gott will – unentschieden ist…

Fazit: Das Tor zu Afrika wird verrückt. Das war es aber schon immer!